死者と言葉を交わすなかれ

森川智喜

講談社
タイガ

カバーデザイン——小口翔平（tobufune）

源十郎　帰らせてください。

姫　いいえ、帰しませぬ。

さあ、私といっしょにクニへ帰りましょう。

さあ、すぐに……。すぐに……。（源十郎に触れる）

アアッ！（倒れる）

老女　どうなされた？　姫。

姫　何やら肌につけている！

老女　肌に？

姫　源十郎様……、あなた……、あなたは……！

老女　肌に！

源十郎　（逃げようとする）

老女　（源十郎を捕まえる）その肌につけたものを、取りだせ！

映画『雨月物語』

監督＝溝口健二《みぞぐちけんじ》

男が心臓麻痺《まひ》で死んだ。

現場は、墓地近くに停《と》められた車の中。

男が死ぬ前、不狼煙《のろさず》たちはたまたま車中に盗聴器をしかけておいたのだが——録音されていたのは、男の言葉だけだった。

ひとりごとではない。明らかに、リョウコなる人物に向かってしゃべっている。

けれども、なぜか、リョウコの声はいっさい録音されていない。

リョウコとは、じつは男の亡き妹の名前であった……。

これが事件のあらましだ。

男は死のまぎわ、どういう状態にあったのだろう?

一見、理解のできない状況だが。

不気味なことに、うまく解釈できる仮説が一つある。

もしも！

もしも男の話し相手が本当に亡き妹であったのなら――

――あの墓地の傍らで、男は死者と言葉を交わしていたのでは？

普通、死霊の姿は見えないという。

同様に、不狼煙たちには死霊の言葉も聞けなかったのではなかろうか。

第一幕

不狼煙さくらのノンフィクション『ホンモノの探偵が出会ったおかしな事件たち』（貝殻出版／二〇一七年）には、よりいっそう私たちになじみのない世界が見え隠れする。不狼煙の実体験をまとめた本なのだが、その中には「死者の言葉」事件というものが登場する。その事件はなんと、死者と会話して魂を吸い取られたのではないかという男の事件なのだ。以前の私なら、この捜査の結末をあまりにも理解しがたいものとして拒否してしまっただろう。

けれども、やはりこういう世界はあるのだ。

本章では「死者の言葉」事件を例に取り考察を深めようと思うが、読者は注意されたい。一見ありふれているがそのじつ恐ろしさに満ちる「死者の言葉」事件。前章までに紹介した事例よりも刺激に富む。深く知ろうとするなら、理解しがたいものを受け入れる覚悟があらかじめ必要だ。

そのような覚悟のない読者は「死者の言葉」事件を知らないほうがいい。

下《しも》垣《が》内泰基《うちやすもと》『死者の暮らし』

私、高本菱子《こうもとりょうこ》は、死なない。

驚きの結論と呼ばずにはいられない。

高本菱子のノートより

1

二十一世紀まであと数年。

八月の水曜日。

夜。

「はい、お疲れ」

彗山小竹《ほうきやましの》が缶コーヒーをさしだしてくれる。

電柱にもたれかかっている不狼煙さくら。缶コーヒーを受け取って、

「どうもです」

「やー、まさかここまで長引くとは思わなかったねえ」

「まさかまさかですよ」

JR呼塩《よびしお》駅前の彗山興信所では長期依頼二、三件にじっくりと取り組みつつ、短期依頼

を週単位でかたづけていくのが普通であった。現在取りかかっている短期依頼は素行調査。依頼人は妻で、ターゲットは旦那。早い話、よくあるやつ。仕事が長引いたりつきあいで飲みに行ったりという理由で旦那が以前より家にいつかなくなったが、妻の目からはどうも怪しく見える。誰といっしょにいるのか、調査してほしいそうだ。

アーハイハイ、と不狼煙などは思う。犬も食いそうにない話。だが、探偵は食う。こういう調査を仕事にして食っているのだ。

彗山と不狼煙、一本の電柱にもたれかかっている。この通りに並ぶ家々の一つが、依頼人高本望美《のぞみ》の家だ。その夫なるターゲットの家でもあるのだが。

望美、その夫の経太郎《けいたろう》、ともに五十代前半。子供なし。望美は専業主婦、経太郎は六橋《むつばし》商事勤務。同社には大学卒業以来勤めており、現在総務課副課長。望美の母は鬼籍、父は望美兄と同居中。経太郎の父母は郊外にて健在。

「ねえ、いま何時？」

彗山に訊《き》かれる。

彗山は気の強そうな顔立ちだが、ふしぎとその中に独特な上品さの感じられる女。歳《とし》は二十代後半。濃い黒のセミディ。化粧はいつも薄め。長めの白無地シャツに、モデル体型を強調する黒のスキニーパンツ。ちなみに、数歳年下の不狼煙も彗山の影響でスキニーパンツをよく穿くようになった。今日もだ。が、彗山のようにすらりとしていないから似合っているかどうか、自信は持てない。彗山の放つオーラは、同性の不狼煙にとってある種のあこがれであった。

不狼煙は腕時計を見て、

「もう十二時です」

「勘弁してくれよ」

「これ、いつまで張りこんでりゃいいんですか？」

「ターゲットが帰ってくるまで。いつもなら、遅くとも十一時くらいに帰ってくるんだよね？　依頼人の話だと」

「らしいですけど」

話が違う。

すでに日が変わった。もしこれが待ちあわせなら一時間以上の遅刻だ。

夜の熱気がうざったらしい。が、彗山は少し楽しそうにいう。

「二人での張りこみは久しぶりだな。『張込《はりこ》み』のワンシーンを思いだす」

野村芳太郎《よしたろう》監督の映画だ。松本清張原作。あの刑事たちは向かいに宿を取ってのんびりと張りこんでいたが、自分たちはそうもいかない。

不狼煙は高本邸のほうを見やりながら、

「明かりがついていますね。依頼人の望美さん、まだ寝ていないみたいですね」

「望美さんが寝てようと起きてようとどうでもいいんだ。用があるのは夫の経太郎さんのほう」

「より厳密にいえば、経太郎さんの車ですけどね」

「そう」

今夜、彗山と不狼煙は盗聴器を回収しようとしていた。経太郎の車にしかけた盗聴器。けれども、深夜一時になっても経太郎の車は現れなかった。二人ともそこでギブアップ。解散となった。

そのときすでに経太郎が死んでいたと、不狼煙たちはじきに知ることになる。

2

「すばらしいです、本当に名探偵です、彗山興信所さんは！　これで離婚裁判を有利に進めることができます」

翌木曜の午前九時すぎ。興信所のリビングにて。

よれっとしたTシャツ。陣内《じんない》という名のその男はテーブル越しに深々と頭を下げた。

陣内の手にある写真。それらが写しているのは、男女がディナーを楽しんでいる光景だ。最近海岸にできた有名ホテル最上階のレストラン。写真の視点は窓から離れているが、二人が座っている席は窓際である。その席なら波の行ったり来たりを悠々と見下ろせるだろう。ただし、男女二人は窓の外などには目もくれず、互いの目を見つめている。

昨夜と同じようないでたちの彗山、陣内に向かって事務的にいう。

「全部で五枚あります。前金とはべつに、五枚分の料金をいただくことになります」

「こんなに決定的な写真をいただけるなんて、期待以上です。あのう、妻が——こいつらが——どんな話をしているか、そこまではわからないんですよね？」

「写真か録音か、どちらかでいいと伺っておりました。ですから録音はありません」

「そうですか。あ、いや、足りないと文句をいっているわけではないんです。写真を撮るぐらい近づいたなら話も聞いているかと思いまして、ちょっと伺いたくて。この調査結果に不満はありません」

依頼は素行調査。写真の女が妻。相手は彼女の同僚だ。プライベートでこの同僚と会ったことはない、と陣内妻は主張している。写真はその主張を否定する物証になるはず。

世の中、高本夫婦のように妻が夫を疑ったり、陣内夫婦のように夫が妻を疑ったり。こんなものなのか。探偵をやっていると乾燥機にかけられたセーターのように結婚願望が縮んじゃうよ、と不狼煙は思う。

彗山が提案する。

「録音も揃《そろ》えましょうか？」

翻訳字幕＝料金もっと払う？

「あ……、いえ、それには及びません」

陣内はいちばん上の写真に視線を落とす。悲しげな目だ。少なくとも一時人生の伴侶とみなしていた女性の心がいまやどのように変わり果てたのか、それを気にしているのだろうか。

陣内の視線が写真に落ちているあいだ、彗山は不狼煙の顔を見て、鼻に皺《しわ》を寄せた。クソッ、の表情だ。もうちょっとうまいこと誘導したら料金を上乗せできたかもしれないと考えたのだろう。

彗山は性悪女なのである。

不狼煙はちらりと横を見る。

「あのう……」

「はあ」

といって、不安そうな表情をする陣内。ここまでずっとしゃべらなかった人が急に口を開いたからだろう。

「じつはその写真、私が撮ったんです」

「あ、そうなんですか」

「それで……、写真を撮ったときですね……、会話、ところどころ聞こえました」

いったん、不狼煙は彗山のほうを向く。不機嫌そうな表情をしている。追加料金ももらわずに何を勝手なサービスはじめてんだよ、クソアマ。死ねよ、というところか。お気持ちわかります。

でも、まあまあ、このぐらいならいいじゃないっすか、ボス。

不狼煙は陣内に向きなおる。

「どうも奥さんは、ご主人のお仕事のお話を何かなさっていたようですよ」

「仕事の……、そうですか」

「それ以上に具体的な話題は聞こえかねましたが」

「仕事のこととわかるだけで充分です。私の仕事に不満があったのでしょう。無理もありません。儲《もう》かる商売でもありませんから。理解してくれていると思っていたんですが
……」

ぽつりぽつりと訊かれてもいないことを告白する陣内。

彗山が大きめの声でいう。

「調査、続行されますか？」

「いえ、これで充分です。本当にありがとうございます。あの、話の内容をちょっと聞かせてもらったわけですが、これには……追加の……」

料金が要るか、ということだろう。不狼煙は彗山をちらり。さしもの彗山も諦めたようだ。もはや上の空のようなあっさりとした調子で、

「べつに。いまのは料金が発生しません」

「ありがとうございます」

陣内はウエストポーチの中からぺらぺらの茶封筒を出し、テーブルの上に置く。失礼、といって彗山が茶封筒の中を確認する。

彗山は捜査に使った写真を返し、型通りの事務挨拶を述べる。陣内は何度もお礼をいったあと、ああそうだ、といって変わった提案をした。

「妻は私の仕事に不満があったようですが、私は私の仕事に誇りを持っているんです。今回は素晴らしい仕事っぷりを披露してくださったので……、これもご縁でございます、もし私にできることが何かございましたら今回のお礼にロハで仕事させていただきますよ。なにとぞご遠慮なく。名刺を置いていきますね」

「はあ」

彗山は肩をすくめたのだか小さく頭を下げたつもりなのかどっちつかずの仕草を見せた。陣内が興信所をあとにしたあと、彗山は早速がみがみという。

「ああいうのは放《ほ》っとけばいいんだよ、余計なことしゃべんなよ」

「すみません。ちょっと気の毒で」

「ああん、本当にわかってんのか？　また余計なことしたら、〈反省〉って書いたプラカードを首からぶらさげてベランダに立たせるからな」

といって、彗山は笑った。思わず、不狼煙もくすりと笑ってしまう。

次に、彗山は視線を手もとに落とす。陣内の名刺を見ながら、

「しかしあの依頼人もいい度胸してるよなあ。最後はてめぇの商売の宣伝をしていくとはね。甲斐性《かいしょう》もなさそうだし、私ならあんな男はマジ勘弁」

名刺を見ると、なるほど陣内はなかなか妻の理解を得られにくそうな某職業に就いている。何かの雑誌で〈子供になってほしくない職業〉ランキングで一位を取っていたのを覚えている。彗山と不狼煙は目を見合わせたのち、ここでもまた二人して声を立てて笑った。


不狼煙は予定していた書類整理を済ませたあと、興信所の掃除にとりかかる。これもれっきとした仕事だ。玄関、リビング、ベランダが不狼煙の掃除スペース。洋室とＤＫが彗山担当。掃除には掃除機と使い捨ての雑巾しか使われない。不狼煙は下宿ではゴム手袋や柄モップを使っているが、そういう代物は何度も使いまわすことになるから逆に不衛生だ

というのが彗山の頑固な主張であった。主には逆らえない。なので掃除機を使うときには
べつにいいのだが、雑巾を使うときには、膝立ちになって直接手で雑巾を扱うことを我慢しなくてはならなかった。
不狼煙がリビングに掃除機をかけ終え、いやな雑巾掛けに取りかかろうとした矢先、興信所の電話が鳴った。

訃報だった。


不狼煙のバイクに二人乗り。すぐさま、高本邸にかけつけた。

昨夜二人で粘り強く見張ったあの建物だ。

玄関前には警察官が二人いた。不狼煙も知っている顔だ。麻野《あさの》と露木《ろぎ》。丸メガネの麻野は捜査一課所属の警部補であり、ドーベルマンのような顔をした露木は麻野の部下。暴走族か何かのような想像ささせる人相の露木が、インドア派っぽいオーラの麻野の手足となってはたらくさまは一度見ると忘れられない。

麻野は彗山と同じ国立大学出身で顔なじみ。六法全書研究会というサークルの同期だった。麻野は法学部、彗山は工学部。二人とも京都生まれで、呼塩の町とは大学卒業後に縁ができたのであった。

ちなみに彗山ももとは警察志望だった。しかし面接試験で落ち、それならばと自分で興信所を興したのである。地元でも大学の近くでもない呼塩の町にわざわざ来たのは、安い賃料が目当てだとか。麻野が麻野自身と彗山のことを都落ち組と表現するのを聞いたことがある。

エンジンオフ。二人はバイクから降りる。

麻野はすぐに彗山の顔を見て、

「呼びだす手間が省けたよ」

麻野は童顔で、全体的におっとりとした印象の外見だ。しかし、そうした印象に不似合いな険しい目つきをすることがある。そのおりにはコントラストが利いて険しさがひときわどぎつく前面に出るのだが、いまはまさしくそうした目つきであった。

麻野と露木の背後には望美の姿。

望美は麻野たちに向かって、おずおずと説明する。

「こちらが彗山興信所のかたがたです」

警察に興信所のことをしゃべったと見える。とらえようによっては電話で誘《おび》きだされた形にも見えるが、不狼煙としては、べつに望美を責めようという気にはならなかった。

麻野たちはすでに当面の用事は済ませたようだ。

「わかりました。ではわれわれはひとまずこれで失礼します」

麻野は望美にそう告げる。そのあと、彗山に向かって、

「彗山さん。もうご存じだと思いますが、経太郎さんの死亡が今朝確認されました。事件性が発覚したわけではありませんが、あなたは望美さんの依頼で経太郎さんの近辺を探っていたようですね。べつの場所でお話を聞かせてもらいましょう」

いやに丁寧だが、有無をいわせぬ断固とした口ぶり。

こうして興信所の二人は敷居《しきい》をまたぐこともなく、Uターンして警察とのお話タイムにシフトさせられることとなった。

不狼煙は高本邸のガレージをちらりと見る。ガレージには昨日あれほど待ちに待った経太郎の車の姿が認められた。白の国産普通車。レッカー車か何かで運んできたと思われる。車にはまだ盗聴器が残っているだろうか？

3

麻野のいう〈べつの場所〉とは警察署であった。殺風景な一室。

不狼煙たちと対座する麻野。露木が茶を運んできて、

「どうぞ」

といって、不狼煙たちに配る。

露木が麻野の隣に腰かけるなり、麻野が彗山に向かっていう。

「ぼくは甘い人間だから、うるさくいわないようにしてきた。でも、いつまでもそんなケチな商売が成り立つと思うなよ」

彗山は肩をすくめた。

「探偵業のことだな？　どうした、珍しくお冠じゃないか」

「今度ばかりは死人が出たからな」

「私たちが殺したと思っているのか？」

「ああ、そうだ」

不狼煙は驚いて、何もいえなかった。

誰もしゃべらない間が数秒。

麻野が沈黙を破って、

「冗談だ、さすがにそれはあるまい」

冗談というわりに麻野の目はちっとも笑っていない。

「冗談でよかった」

と、彗山。

「でも何か、のっぴきならない関係があるのかもしれないと疑っている。場合によっては即刻牢《ろう》にぶちこんでやるからな。そしたら興信所も閉鎖だ」

麻野たちと面識がある不狼煙であるけれども、署の一室でこういうふうに机を挟んで会話するのは今回がはじめてだ。これまでは喫茶店や興信所で話をするだけ。話の内容はというと、彗山の捜査に警察の誰それが迷惑しているからもう少し大人しくしてほしい、という具合のものが多かった。ただし、彗山の捜査とはどだい男女関係やら物取りやらについて。麻野の担当は殺人や不審死だ。つまり麻野はふだん、単に旧知という理由から、彗山へのメッセンジャーの役を署内の人間に押しつけられているのである。

麻野にとって興信所は、本来やらなくてもいい自分の仕事が増える種。だから、彗山が興信所を閉鎖したときに世界じゅうでいちばん喜ぶ男といったら、それは麻野をおいてほかにないというわけだ。

彗山と麻野の顔を見比べる。二人とも真面目な顔をしていた。

彗山が机に両肘をつき、

「だいたいのことは望美さんから電話で話を聞いている。だけど、整理させてくれ。今朝がた、車の中で経太郎さんが亡くなっているのが発見された。外傷なし。車は経太郎さんのもので、自宅から十五分ほど離れた路上に停まっていた。第一発見者は現場の近くに住む人だとか」

麻野は背もたれに体重を預けて、

「そうだ。発見時刻は今朝七時前後。第一発見者は七十手前の隠居人。犬の散歩をしているとき、両目をかっと見開いたままで運転席に横たわっている高本経太郎を発見した」

「トラウマものだな」

「だな。で、第一発見者はそのまま最寄りの交番に。警察官が現場に足を運び、氏の遺体を確認したというわけだ。その後に到着した医者は、いわゆる心臓麻痺だろうといった」

「それは、正式に？」

「まだ正式な書類にはなっていない。だがそれは形式上の問題にすぎない。医者の分析によると、死亡推定時刻は昨夜二十二時から今日二時までのあいだ。昨日の二十二時から二十六時のあいだと表現したほうがわかりよいかな」

ちなみに、彗山と不狼煙が高本邸近くで張りこみ、経太郎の車が帰ってくるのを待っていたのは――二十三時から二十五時までのことだった。

彗山を見る麻野の視線にはいやらしさとも形容できそうな、居丈高なしつこさが感じられる。こうして情報を提供しているのは、おそらく彗山が何かボロを出すきっかけを作るためだろう。

さりとて彗山も彗山で、そうした麻野の思惑を承知で情報収集のために深入りしようとしているようだ。

「現場の路上って、具体的にどこ？」

「呼塩西公園って知ってるか？　あの近くに商店街があるんだが、北から二つ目の交差点を西に曲がって、そのまま小道を二百メートルくらい歩くと、派出所の横から大通りに出ることになる。その小道の、商店街と派出所のちょうど真ん中あたりだよ、遺体が発見されたのは」

不狼煙は脳裏に地図を描く。呼塩生まれ呼塩育ちの不狼煙には想像が易《やす》い。市役所や呼塩駅のあるこの辺りから呼塩西公園までは少し距離がある。この辺りと比較すると、呼塩西公園の付近はうら寂しい。

あの付近よりさらに西に行くといっそう閑散とする。不狼煙は地元民だが、呼塩西公園を含むあの西のほうは、活動圏とはいいがたい。

「経太郎さんはスーツだった？」

「スーツだ。会社帰りだろうな。どこかに寄ったあとかもしれんが」

「発見されたとき、車の中は蒸し器になっていたのか？　もしクーラーがかかっていなかったなら、この時期はひどいことになると思う」

それはそう。何せいまは八月。

しかし麻野はいう。

「その点は心配ない。クーラーがつきっぱなしになっていた」

「死亡してからずっと、ということ？」

「ぼくはそう考えるよ。何かべつの見解を？　お前が何か現場をいじったのか？」

麻野は真剣な表情。

「そんなわけないだろう。昨夜は尾行していない。あのあたりには近寄ってもいないさ。車のキイはかかっていた？」

臆すことなく質問をぶつける彗山。

「いいや、かかっていなかった。車のキイは車内だ」

「じゃ、出たり入ったりし放題だったというわけ？」

「そうだ。おかげで警察官が現場にかけつけたとき、わざわざ解錠せずに済んだ。車の解錠は結構面倒なんだよ。物理的にも書類的にも」

「経太郎さんは心臓が弱かったのか？」

「重病人というほどではないけどね。高本経太郎の腹周りについた過剰な脂肪は彼の血管や心臓のお荷物になっていた。妻望美の証言によると、ここ数年、健康診断において心臓に黄色信号が点いていたそうだ。とはいえ〈なんてことだ。人生、まだやり残したことがいっぱいあるのに〉というほどのものではなく〈酒とカロリーを抑えないと〉ぐらいのものだ。わかるか？」

「わかる。お前が健康診断で黄色信号を食らうのとおんなじようなもんだろ？」

麻野は見るからに、BMI指数高めの体型だ。巨漢というほどのものではないが。

「警察を馬鹿にすると、公務執行妨害だぞ」

と、不機嫌そうに麻野がいう。彗山は笑った。ほかの人たちは笑わない。

彗山は笑うのをやめて、

「重病人ではなかったとはいえ、心臓麻痺の下地はあったわけだ。いっぽう、もしも心臓麻痺を人為的に引き起こすというなら、電気、高温、低温などのショックが考えられるが……」

「そのような痕跡は残っていなかった。けれども、大声で驚かせてショック死させる、というのは考えられなくもない。これなら痕跡が残らないからな。大声でなくともね、何かに驚いてショックで心臓がとまったという可能性はある」

「そりゃ痕跡は残らんだろうけど。その場合、犯意、殺意の有無が争点になる。殺人とみなされない可能性が大いにあるよ」

「他人事《ひとごと》のようにいっているが、たとえば、そこんところにお前が関係しているんじゃないか？　お前の強引な捜査が被害者にとってショックで心臓麻痺を……」

「おいおい！　ずいぶんおもしろい想像をしてくれるじゃあないか」

さしもの彗山の声も荒立っている。

畳みかけるように、彗山はいう。

「私は探偵だぞ？　ショックを与えるってなんだ？　映画の金田一耕助よろしく、経太郎さんの前で何かしら驚愕《きょうがく》の真相を説明し、その名推理に驚いたショックで経太郎さんの心臓がとまったとでも？」

「おもしろい想像をしているのはどっちだか。名推理のほうは知らんがね、お前が違法スレスレのラインで警察のまわりをうろちょろしている話を聞くたび、ぼくは毎回心臓のとまりそうな思いをしているんだ」

「あら、お大事に」

麻野は天井を見上げて、ふうと溜《た》め息《いき》をついた。腰をあげて、隅のデスクの上から紙とボールペンを手に取る。乱暴に座りなおしたあと、

「この紙を埋めるまで、この部屋から出さないぞ。被害者に対しておこなった尾行の時間帯と場所をここに書くんだ。いつも尾行で他人のプライバシーを脅かしているだろう。今日ぐらい、プライバシー侵害だの違法捜査だの固いことを無視してつきあってくれてもいいんじゃないか」

「つきあうよ」

素直にタイムテーブルを書きだす彗山。

麻野はその様子を見ながら、

「被害者の妻がお前に何を依頼したのか、話は聞いている。簡単にまとめると〈あなた、近ごろ帰りが遅いようですが、まさかどなたかよろしいかたとお遊びになっているんじゃありませんよね〉案件。そうだな？」

彗山は手を止めて、麻野の顔を見る。鎌をかけているのかどうか、疑うような視線だ。目を伏せ、ボールペンをふたたび動かしながら、

「そんなところだ」

「〈まさかどなたかよろしいかたとお遊びになっているんじゃありませんよね〉の〈よろしいかた〉は見つかったか？」

「いや」

「見つかりそうか？」

「いンや」

タイムテーブルがしあがると、二人は解放された。

麻野はもちろん捜査協力の礼など口にせず、

「お前の仕事は、いわば、ぼくのお目こぼしの上になりたっている。忘れるな」

最後までそんなことをいった。

不狼煙はタイムテーブルを横目で見ていたが、彗山は基本的に嘘偽りのない記述をしたようだ。そもそも、経太郎に対する尾行はまだほとんど行われていなかった。

しかしながら、盗聴器のことには一切触れていなかった。昨夜に高本邸の前に二人で張りこんでいたときのことも、盗聴器を回収するためとは書かず、あくまでも帰りを待っていたという説明に留めていた。流れを踏まえるに、望美は麻野に盗聴関係のことを話して

いないのだろう。盗聴という犯罪じみた行為について下手な説明をすると、自分まで加害者サイドにカウントされてしまう。望美はそう考えたようだった。

署をあとにした彗山と不狼煙は、警察が尾行していないことを念入りに確認しつつ、そのまま高本邸に赴いた。高本邸のガレージは開いたままだった。経太郎の車もまだ中。麻野露木以外の警察官が誰か来ているというわけでもないようだった。

二人は車の合いカギをこの場に持参していた。盗聴器を回収した。

4

手乗りサイズ。ビスケットのような形。

理系学部出身の彗山は以前、この形状を円柱だと説明したことがある。なるほど、円が円自身を含む平面と垂直な方向に平行移動した軌跡であるから、幾何学的には円柱でよいのだろう。だが不狼煙の感覚としては円柱という字面を連想するものではない。底面の直径は五センチほど、高さは一センチほど。円柱は円柱でもチビの円柱だ。

興信所で愛用されている盗聴器のことである。

七〇年代生まれの不狼煙は、興信所で働きはじめるまでパソコンに触ったことがほとんどなかった。だが、ここで日常的にいじるうち、基本的なことはこなせるようになった。本当に基本的なことだけだが。

いま興信所で使っているパソコンは、彗山が中古のパーツをかき集めて一年前に組み立てたもの。それ以前に使っていたパソコンは廃棄された。九〇年代のいま、パソコン市場は世界規模で成長期にあるようだった。二十一世紀には一体どのような形になっているのやら。

もう慣れたが、この盗聴器にしても思えば驚異であった。音声を録音する道具として不狼煙が真っ先に連想するのはカセットテープやCD。しかしこの盗聴器はカセットテープやCDといった何かのモノにデータを記録するのではなく、内蔵された半導体に記録してしまう。データはモノ化されない。アダプタでパソコンと繋《つな》ぎ、モノではなくデータのみをやり取りする。モノ化されたデータが残っていないと不安になる不狼煙など、二十一世紀においては原始人と呼ばれるのだろうか。

再生には別途パソコンが必要だった。

不狼煙はいつものようにアダプタで盗聴器をパソコンに繋ぐ。ピロン、とスピーカーから音がする。ディスプレイに表示されたのは、

▼データをはじめから再生する（S）
データを途中から再生する（T）
データを編集する（E）
データをエクスポートする（X）
データをすべて削除する（D）

終了する（Q）
ヘルプ（H）

この盗聴器では、データがつねに一つのファイルとして管理されている。最長五時間。〈データを途中から再生する〉モードでは、録音開始時刻をフォームに入力したうえで何時何分何秒からの再生という指示が可能。再生速度も二倍速まで対応。

不狼煙はキーボードの〈T〉を押す。

画面が切り替わった。

データ最初の時刻を【00】時【00】分【00】秒として
【00】時【00】分【00】秒から再生する

再生速度【1・0】倍

再生／一時停止（S）

戻る（R）

彗山は椅子をひっぱってきて、不狼煙の傍らに座った。ふだん彗山の使っているシャンプーの柑橘《かんきつ》系の香りが、主張しすぎない程度にうっすら漂う。

不狼煙は彗山の顔を見て、

「麻野さん、ずいぶんと機嫌が悪かったですね」

「あいつ、警察と探偵の板挟みのような役目をいつも担わされているだろう。だからとにかく私たちをつぶしたくてたまらないんだよ。今回は板挟みではなく、あいつの仕事そのものにかかわったわけだからな。それで、いよいよカリカリしているんだろう」

「実際、尾行の捜査などはしかるべき許可がないと続けられないでしょう？　警察ではなく公安委員会の許可とはいえ……、大丈夫なんですか？」

「さてね」

といって、弱々しく肩をすくめる彗山。自信はなさそうだ。

麻野は大学時代に六法全書研究会だった。何かテクニカルな方法で私たちをつぶすのでは？　やりかねない。不狼煙は不安で押しつぶされそうになる。

すがるような思いで、

「でも、もしも心臓麻痺の様子をリアルタイムで目撃した人が出てきたなら、そんな麻野さんですら私たちのことを潔白だと思いますよね」

録音データからそういう収穫があるかもしれない。

「じつは盗聴していましたって、麻野にいうのも考えものだけどな」

「でも……」

「そうだな、目撃者を麻野の前に連れていくべきかもしれない。というのも不狼煙のいう通り、経太郎さんがもしも夜に誰かに会っていたのなら――その相手をひとまずXと呼ぶとして――Xの目の前で経太郎さんが心臓麻痺になった可能性がある。その場合、Xは経太郎さんとの関係を他の人たち、少なくとも望美さんに知られるのをいやがって、経太郎さんの死を見て見ぬふりをしていると思われる。しかしこの行為は死体遺棄の罪となるおそれがある」

「ははあ。麻野さんに感謝されるかもしれない、と」

「いや、そこまでは。でも攻撃の手は緩むだろうな。――しかしながらね、取らぬ狸《たぬき》の皮算用はこのぐらいでよしておこうぜ。早く録音データを聞かせてくれ。麻野どうこうもあるけど、私は純粋な好奇心からもそれを聞きたいんだ」

不狼煙は画面に向きなおって、

「盗聴器をしかけたの、十九時くらいでしたよね」

「うん。正確には、私の時計で十九時三分」

「まずは試しに、十九時八分辺りを再生してみます」

再生。

『…………』

予想通り。少なくともまずは、何も聞こえない。データを再生しているにもかかわらず、スピーカーからは何も流れてこない。

「次は二時間半くらいあと。二十一時半からでいいですか？　この辺りの時間なら、経太郎さん、誰かと会っているかもしれませんね」

不狼煙、二十一時三十分を指定してデータを再生する。

これもまた無音だ。

「無音です」

「普通だよ。たとえ経太郎さんが誰かと会っていたとしても、どこかの建物で逢瀬《おうせ》のときを過ごしていたのなら、盗聴器は何も拾わない。盗聴器は車の中で留守番なのだから」

「そうですね」

「基本中の基本だ。ターゲット死亡という興信所史上前代未聞の事件があったからといって、基本をおろそかにしちゃ駄目だな。次は二十三時くらいを頼む。この部分のデータは比較的重要だぞ。というのも、本来なら経太郎さんはそのころにはもう、自宅にいなくちゃいけないんだ。昨夜は帰らなかったんだけどね。だから――」

「だから?」

「――だからもう、召されている蓋然性が高い」

普段通りに二十三時までに自宅に戻れなかったのは、その時点ですでに何かイレギュラーなことがあったから? そのイレギュラーなことが心臓麻痺であるとは断定できないが、そうである蓋然性はたしかに高い。

「医者の見立てでは死亡推定時刻は二十二時から二十六時までだが、その意味では、二十二時から二十三時ぐらいには絞っていいのかも」

不狼煙、キーボードをいじって二十三時から再生。

またまた無音。

「なんにも聞こえませんねえ」

チビスケ、また車の中でお留守番?

それともすでに経太郎の心臓はとまっているのだろうか。この〈………〉は、ただの無音ではなく、動かなくなった経太郎が近くにいる死の無音なのだろうか？　そう考えるとぞっとするものがあった。

とすると、しかしXは？

「じゃあお次はいよいよラスト五ふ――あっ。おい、いま！」

「え？」

「さっきのところ、ええっと、二十三時一分三秒、再生して」

いわれた通りにする。

………。

無音だ――、基本的には。

だがいわれてみると、遠くのほうの音が入っている。かすかに。あの音は……。

不狼煙、彗山の目を見る。彗山は力強く頷《うなず》く。

遠くのほうの音――かすかに入っている音――

――これはサイレンだ。

一時停止させたあと、不狼煙は彗山の顔を見て、

「パトカーですか？」

彗山はスピーカーをじっと見つめている。

「と、思う」

「とりあえずこれで、私たちのかわいい盗聴器が壊れているわけではないとわかりましたね」

「私はよく知らんのだけど、麻野の説明によると、現場から百メートルぐらい離れたところに派出所があるんだろう？　その派出所から出たパトカーじゃないか、いまの」

不狼煙ははっとした。麻野の説明を思い出す。


呼塩西公園って知ってるか？　あの近くに商店街があるんだが、北から二つ目の交差点を西に曲がって、そのまま小道を二百メートルくらい歩くと、派出所の横から大通りに出ることになる。その小道の、商店街と派出所のちょうど真ん中あたりだよ、遺体が発見されたのは。


「たぶん、そうですよ！」

盗聴器の動作チェックで済ませてはならない。もっと深く考えるべきだった。説明をきちんと映像として理解していること、それをこの場で思いだすこと、サイレンの音と結びつけることなど、彗山の注意深さにあらためて感心した。いずれも些細《ささい》なことだが、こういうことの積み重ねがその人物の切れ味となる。

彗山が説明する。

「もしその派出所のパトカーの音だとすれば、この時点ですでに、車が発見時の位置に停められていた蓋然性は高くなる。であるからには、このときにまだ経太郎さんの心臓が動いているかどうか……」

「もう少し前のところからデータを聞きたいですね」

「三十分ぐらい遡ろう」

操作。二十二時三十分から再生。

『──っているかい？　おれはあいかわらずうだつのあがらないサラリーマンとしての──』

しゃべってる、しゃべってる、録《と》れてる、録れてる！

無言で、二人はハイタッチをした。

スピーカーから音声が流れる。

『──毎日を惰性のままにせっせと送っているよ。怠けているんだか、働いているんだか、おれにもよくわからん。でも年々疲れが取れにくくなっていることに加齢がはっきりあらわれている。何、負けやしないけどな。お前はどうだ？　そっちの生活も、もう長いだろ？　もう慣れたか？　……………………………』

…………。

『………………………………………』

…………。

間《ま》。

？　やけに間が長い。

しかし不狼煙が彗山に声をかけようとした矢先、音声が再開された。

『へえ、そっちの世界もそっちの世界でなかなかたいへんなんだな。でもお前ならうまくやれているだろう？』

といったあと、

『…………………』

また無音があった。

ただ、今度もしばらくして音声が再開された。

『謙遜ばかり。でも本当にたいへんならすぐ正直にいうんだぞ。そのときはおれもそっちの世界に行ってやる。おいっ、冗談だって。おれにそんな気概はない。…………。はは、手厳しい。その通りだ。おれがそっちの世界に行ってもなあ、べつに大したことはできないぜ。………………………。わかった、そうだ。おれはうだつのあがらないつまんないサラリーマンで、結局、ずっと同じ文社勤務だけで人生を終えそうだがね。ただこれでも——』

聞いていて、不狼煙は直感した。

これは、少なくとも、普通の会話ではない。

話の節々に挟まれる〈…………………………………〉。

一分足らずの無音の時間。

これらは一体、なんだ？

話し相手の声が、ない。

ひとりごとなのか？　あるいは、黙ったままの相手にしゃべりつづけているのか？


不気味だ。


彗山が横から手を伸ばして〈S〉を押す。一時停止。

「経太郎さん、誰としゃべっていると思う？」

当然のことながら、彗山も同じことに疑問を持ったようだ。

「いや、さっぱり。これ、話し相手の位置が遠くて盗聴器のマイクに声が届いていないんですかね？」

「断言できる。それはない。同じ車の中なら間違いなく声は入る。マイクをつけたのは運転席のシートだ。べつに後部席からも遠くはない」

ちなみに〈E〉の編集モードを使えば録音データを切り貼りできる。つまり話し相手の声だけ削ったり、まったくの無音のところに経太郎の声だけを貼ったりすることはできる。だが、経太郎の車から盗聴器を取り外していまここに至るまで、第三者がそんなことをできる隙はなかった。

また、盗聴器から録音データを吸いだすためにはいま使っている専用ソフトウェアが必要だ。盗聴器にはメーカー元はおろか一切の情報が刻まれていないので、関係者以外が専用ソフトウェアを用意することはできない。データをいじるには興信所のパソコンにアダプタでじかにアクセスする必要がある。つまり、誰かが盗聴器を先に見つけて、あらかじめ録音データを改竄《かいざん》しておいたという可能性もない。

煮え切らない様子の彗山、

「続きを聞こう」

といって〈S〉をまた押す。

またもや、しばらくの無言ゾーン。

無言ゾーンを抜けると、

『それでね、リョウコ。おれも今度――』

リョウコ？

急遽《きゅうきょ》、彗山が音声をまたもや一時停止させた。

不狼煙の顔を見て、

「リョウコ……。女の名だろうな」

「断定はできませんけど、私もそう思います。このところ経太郎さんはリョウコさんとよくいっしょに過ごしていた、この夜もそうだった。と、こういうことですよね？」

「そうだと思うけど……」

歯切れがよくないのは、先ほどからの無言ゾーンをどうとも解釈できていないからだろう。

不狼煙はひとまず手帳を開いて、望美案件のページに〈リョウコ〉と書きこむ。

「リョウコさん、ずいぶん無口ですね」

彗山は音声の続きを再生させた。

『――休みを取って、そっちの世界にいるリョウコを見たいと思っているんだ。さっきもいったけど、そっちの世界に完全に行ってしまうわけにはいかない。でもこう、完全に、でなければね。でもいまさらだけど、どうやったら見えるのか、よくわかっていなくてな。少しは調べて……、お、おい……、オイ……（激しい衣擦《きぬず》れの音が起こり、無言の時間が流れる〉』

〈オイ〉だと？　オイオイ。私のほうこそオイオイと声をかけたくなる、オイオイ。経太郎さん、まさかこれで死んでしまったの？

彗山、音声を一時停止して、

「二十二時、三十八分、二秒」

時刻だ。メモをしとけ、ということか。

「オーキードーキー」

OKを意味するスラングを口にして、不狼煙は手帳にペンを走らせる。

彗山、音声を再開する。しかしこの先少なくとも三十秒程度は無言の時間が続いた。先ほどから何度も無言の時間が挟まれているから、また経太郎がしゃべりださないとは限らないが。

彗山は一時停止にしたあと、唸《うな》り声を一つ二つあげた。

「さっきのがやっぱり心臓麻痺だったのか？」

「みたいですけど……」

「リョウコを探したいな」

麻野の言葉が耳に蘇る。〈場合によっては即刻牢にぶちこんでやるからな。そしたら興信所も閉鎖だ〉。麻野に何を教えるかの判断を後回しにするにしても、とにかくこの事件の真相をきちんと理解しておかないと、とんだ厄介を吹っかけられるかもしれない。

不狼煙は彗山興信所が好きだ。

職場の安全を保つための、防衛としての捜査だ。

「どうやって探します?」

「まず——さっきのところの前後を聞いておくか」

そんなわけで、不狼煙たちは二十一時半の部分から最後までデータを聞いた。多少気になるところはあったが、暫定的な結論として、リョウコの正体がはっきりわかる録音はなかったといえる。

彗山は提案する。

「よし。望美さんにリョウコという名前をぶつけてみよう。何か反応が得られるかもしれない」

「もし望美さんが調査の打ち切りを希望していても?」

「関係ないよ。名前をぶつけてみる」

彗山が笑う。悪い性格だ。

「望美さん、かわいそう!」

不狼煙、わざと高い声でいう。

名前をぶつけたときの反応が大切だ。顔をあわせてじかに話をするべきだ。

彗山の指示で、不狼煙は望美に電話をかけた。アポを取るためだ。調査続行の件について話をするため、という口実を使った。二時間後の訪問となった。

中途半端に空いた時間を使って、二人は現場を見ておくことにした。経太郎の遺体が発見されたという現場、つまり、先ほどの不気味な無言ゾーンを録音したであろう現場だ。

呼塩西公園の近くまで不狼煙のバイクで行ったあと、麻野の説明に出てきた商店街を二人は並んで歩く。あまり活気のある商店街ではなかった。

北から二つ目の交差点を西に曲がる。

なるほど、遠くに派出所が見える。パトカーも停まっている。

商店街と派出所の真ん中あたりに来て、彗山は足をとめた。

「この辺りのはず」

「ですよね」

不狼煙も立ち止まって、右手を見る。

先ほどから、右手に広がるものが気になっていた。

この場所、右手一帯は――

——墓地なのである。

不狼煙は思う。そうか。経太郎さんの遺体、および、経太郎さんの車は墓地の横で発見されたのか。

八月の、暑さ。

むわんとした熱気。

墓地。

死者たちの眠る場。

不狼煙はあっと思った。まさか……。しかし、口にするのはやめておいた。

5

高本邸、応接間。

ガラス戸つきの棚には、本がまばら。いちばん上の段と上から二番目の段には写真立てがいくつか並べられているだけだ。高本家に子供はいない。夫婦のどちらかと誰かが写っている写真が多い。あれらは親や親戚、友人なのだろうか。

不狼煙の手には手帳とペン。手帳の中を覗《のぞ》かれないよう、テーブルの上に広げるのではなく手で覆うように持ったままだ。

挨拶もそこそこに、彗山はいう。

「私どもの調査で挙がった名前があります」

望美は彗山に訊く。

「といいますのは？」

「リョウコ、という名に覚えがありますか」

このとき彗山がどのような表情でその名を告げたのか、不狼煙は知らない。なぜなら不狼煙は望美の表情ばかり気にしていたからだ。

望美の表情の変化といったら、まるで映画のワンシーンのようであった。演じる女優の腕が鳴りそうなワンシーン。映画をよく観《み》る彗山なら何を例にあげるだろうか。

先ほどまでは伴侶を失い元気のない様子であった望美だが、リョウコという記号が耳に入るやいなや、瞼《まぶた》が勢いよくつりあがった。焦点は正面の彗山ではなくもっと遠くに絞られているようだった。

ほんの少しのあいだ唇が震えていたが、まもなく、

「リョウコ……」

その名をおうむ返し。

彗山はいう。

「そうです、リョウコです」

「字は、菱形《ひしがた》の菱に子供の子で、菱子でしょうか？」

「字はわかりません。しかしその菱子とは？」

「菱子は……、菱子さんは、主人の妹さんの名です」

不狼煙は手帳の〈リョウコ〉というメモに続けて〈＝菱子。経太郎妹〉と書く。妹。おや。とするとこれは、恋人二人の逢瀬だと思っていたら二人は兄妹《きょうだい》であって、周囲が勘違いして騒いでいただけという、いかにもラブコメ漫画で使い古されていそうなオチということになるのか？

「菱子さんはいまどちらにお住まいですか？」

彗山が訊くと、望美はすかさず答えた。

「およそ三十年前にキセキに入りました」

「キセキ……」

ミラクル？　いや——

「鬼籍です。つまり、死んでいるのです、すでに」

——デッドリスト。

お前はどうだ？　そっちの生活も、もう長いだろ？

そっちの世界にいるリョウコを見たいと思っているんだ。

不狼煙はぞくりとした。

なんということだ！　つながった。つながってしまった。

やはり、そうなのか？

先ほど、現場のすぐ横が墓地であると知ったとき、〈まさか……〉と思ったことだ。

不狼煙は事件のあらましを、いま一度整理してみる。

男が心臓麻痺で死んだ。

現場は、墓地近くに停められた車の中。

男が死ぬ前、不狼煙たちはたまたま車中に盗聴器をしかけておいたのだが――録音されていたのは、男の言葉だけだった。

ひとりごとではない。明らかに、リョウコなる人物に向かってしゃべっている。

けれども、なぜか、リョウコの声はいっさい録音されていない。

リョウコとは、じつは男の亡き妹の名前であった……。

これが事件のあらましだ。

男は死のまぎわ、どういう状態にあったのだろう？

一見、理解のできない状況だが。

不気味なことに、うまく解釈できる仮説が一つある。


もしも！

もしも男の話し相手が本当に亡き妹であったのなら——

——あの墓地の傍らで、男は死者と言葉を交わしていたのでは？

普通、死霊の姿は見えないという。

同様に、不狼煙たちには死霊の言葉も聞けなかったのではなかろうか。


しかし、まさか……。

まさか、そんなことはあるまい。

応接間に沈黙が落ち、そのまたっぷり数十秒ほど過ぎた。いやもしかしたら不狼煙の精神にそう感ぜられただけで、物理的にはそれほどの時間ではなかったのかもしれない。

彗山が口を開く。

「失礼ですが、菱子さんが亡くなったのは、どういう経緯で？」

「海に落ちたそうです。自殺だと聞いております」

「自殺？　それはまた……」

「詳しくは存じません。だいいちそのときには、わたくし、まだ主人と出会っておりませんから、私は生前の菱子さんと面識もないのです」

いまとなってはむしろ彗山たちよりも望美のほうが落ち着いた表情となっていた。

望美は突然立ちあがった。棚に置かれた写真立ての一つを手に取り、不狼煙にさしだして、

「この人です。主人にはほかに兄弟はありませんでした。菱子さんは十年ほど離れて生まれた妹さんでした」

写真屋で撮影されたもののようだ。カラー写真だ。カメラの歴史をあまりよく知らないのだが、時代を思うと、比較的高価な撮影だったのかもしれない。

そこには一人の娘が写っている。

制服を着た娘。

年頃を見るに、おそらく高校の入学記念なのだろう。

髪はショート。どちらかというと痩せているほうだろうか。写真なのでいまひとつわか

らないが、身長は高そう。美人顔というのとはちょっと違う。けれども男受けしそうな顔立ちだ、と不狼煙は思った。強いてネコ顔かイヌ顔かで分けるならイヌ顔。ただ、イヌのようだというには、目がいささか大きすぎる。しかしその目が魅力的であった。

立っているだけであり、とくにポーズらしいポーズもない。表情らしい表情もない。だが、どこか芯を感じさせるものがあった。

菱子……。

写真立てを彗山に渡す。

彗山は視線を刺すように写真を見ながら、口を動かす。

「なぜ、自殺を？」

「先ほども申しましたが……、この件、わたくしはよく存じておりません。ただ、自殺とだけ聞いております」

嘘だな、と不狼煙は直感した。

たしかに正確なところは知らないのかもしれない。だが、夫婦生活は長い。少なくとも望美なりの解釈が何か組み上げられているはずでは？

彗山は追わなかった。追わずともそれなりに情報が追加されそうな気配があった。

「あの、単なる偶然なんですけど……」

と、実際、望美は何かを話そうとしはじめた。

彗山は優しい声でいう。

「はい、なんですか。ぜひ」

「主人の遺体が発見された場所に、ありますよね、墓地が」

「はい」

「あの墓地に菱子さんのお墓もあるんです」

「それは、偶然……？」

「偶然でなければなんですか？」

望美は問う。偶然の対義語は？——必然。

しかし彗山は必然という単語を出さず、偶然性を否定も肯定もせず、

「菱子さんの忌日はご存じでしょうか？」

「九月の十五日です」

「来月」

「そうです。あのう、主人が家になかなか帰ってこなかったということの……、その、素行調査で菱子さんの名前が浮上したというのは、一体なんです？」

主語述語が交錯しているが、訊きたいことはわかる。旦那が生前に死人と会っていたなどというおかしな話を持ってきたからにはもう少し詳しく説明しろ、といっているのだ。

彗山はもじもじしたが、やがてにやりと笑う。ああ、開きなおった。

「ご主人が菱子さんに会っていたのではないか、と私たちは考えていたんです」

旦那を亡くしたばかり。しかもおよそ三十年前のこととはいえ親族の死について話しているこの場でよく、にやりとできるものだ。彗山にはときどき他人の神経を試そうとする癖がある。忘れてはならない、彗山とは凶悪な人物なのだ。

望美は強い語気で、

「ですから菱子さんは死んでいるんです。主人は夜遅くに墓参りをしていたということですか？」

そうかもしれないな、と不狼煙は素直に思う。

経太郎は昨夜も墓参りのためにあの場所に行き、一人でぶつぶつとひとりごとをいっていたのかもしれない。普通の墓参りではないが、なんとか理解できる。ただ、そうすると、ひとりごとのあの内容については、いかに解釈すべきだろうか……？

〈そっちの世界〉――

〈行く〉――

〈見る方法〉――

不狼煙はぼんやりとしてしまったが、彗山の言葉でわれに返る。

「それで望美さん、調査継続を希望されますか？」

ついにカードを切った。

ここで？　興信所の従業員でなければ、不狼煙はそう声をあげていたところだ。

やや呆然《ぼうぜん》の望美、事態を整理しようと、

「ええと、いまの場合、継続すると、何を調べてくださるんですの？」

「経太郎さんが家に帰らなかったあいだ、あなたに隠れて、こそこそと何をしていらっしゃったかということです。われわれは基本的に盗撮か盗聴で依頼人の期待におこたえします。ですから、もし調査継続の場合、今後は何の盗撮盗聴を目的とするかなどをいまから詰めていかねばなりませんが」

「でも興信所さんの結論は、菱子さんと会っていたというものなのでは？」

「ですから、菱子さんは死んでいるんですよね」

「それでいいのですか？　お墓参りというのが興信所さんの結論なのでは？」

望美はさすがにむっとした様子だ。

「いいも何もありませんでしょう？　お墓参りならお墓参りでかまいません。夜にお墓参りなんて行っているからとうとうあの世からお迎えが来たのかもしれません」

「お迎えというと、菱子さんが迎えにきたんですか？」

「知りませんよ。興信所さんはそんなことまで調べてくださるんですか？　主人が亡くなったときに迎えにきたのは菱子さんなのか阿弥陀如来《あみだにょらい》なのかって」

「場合によってはね」

といって、彗山はまたにやり。不狼煙、呆《あき》れる。

望美は眉をひそめて、

「調査の継続はけっこうです。通夜にも出席していただかなくてかまいませんので」

「わかりました。車の合いカギはお返しいたします。ご主人の不幸は盗聴器をつけようとした矢先のことでした。ですから盗聴器はつけず仕舞いです」

彗山、嘘っぱちというカードも切る。カードを切るタイミングが下手すぎないか？

彗山の言葉を疑う表情が一瞬望美の顔に浮かぶ。が、望美は何もいわず合いカギを受け取った。あとで車の中に盗聴器が残されていないかを確認すると思う。

彗山は淡々という。

「盗聴器設置前ですから、はじめにお支払いしていただいた前金のみでご負担は終了です。お預かりしている経太郎さんの写真はいま手元にありませんので、近日中に郵便でお返しさせていただきます。そのほか何かありましたらいつでもご連絡を」

興信所への帰路。信号待ちをしているとき、周囲の喧騒に負けない大声でタンデムシートの彗山がいう。

「死者と言葉を交わした男……、死者言葉の謎！　なんと非科学的な事件なのだろう。柔軟な頭をお持ちではない人間は味方に要らないよ。望美さんには悪いけど、盗聴器関連の事情を話して協力を求めようという気にはなれなかった」

何様。

でもついていきますよ、所長。

「経太郎さんが死ぬ前に死者と会話していたって、本気でそう思ってます？」

「そりゃそうさ。死者と会話したから引き寄せられてしまったんだよ、決まっている」

「決まっているといわれても……」

「依頼人と決別した以上、金にならん。だから業務に支障のない範囲になってしまうが──菱子の正体、探るぞ。いいな？」

麻野が興信所を潰そうとしている。必ず真相を知っておかねばならない。不狼煙はあらためて強く思う。また、そのいっぽうで、死者言葉の謎の不気味さに何か精神を浸食されるような感覚もあった。

6

興信所は埃《ほこり》っぽいアパートの二階。

不狼煙にとって、思い出の詰まった空間だ。彗山から手取り足取りの講習を受けたパソコンに、彗山といっしょに買った座り心地のいいクッションに、自分提案の整理方法が採用された大型の書類キャビネットに……。依頼人から見えない奥のDKにだって、彗山が買ってくれた自分用の北欧製食器、不狼煙がこだわって買い換えた炊飯器、彗山愛蔵の映画ビデオの山、壁に貼られたヴィヴィアン・リーとイングリッド・バーグマンのポートレートなど。

この居心地のいい空間、失いたくない。

業務に支障のない範囲で、などと彗山はいうが、不狼煙はいろんな意味で不安だ。興信所に戻ったあと、早速、例の録音データを聞きかえしだす。ミルクの入ったコップを手もとに置いて、黙々と。

彗山はこれを黙認したようだった。

ちなみに先ほど望美と会う前、不狼煙たちは音声データについて、死者言葉の前後もある程度聞いていた。それは二十一時半から二十五時三分までの部分だ。二十五時三分は音声データの終わりのところであり、二十一時半は問題の箇所より少し前の時刻である。

録音されているのは、あまり重要そうではないが、次のようなものだった。

――まず、二十一時半から三十分弱は何も録音されていない。二十二時の少し前、ドアの開閉音があり、その後には経太郎の声が録音されていた。

『暑くなったな。悪いな、つきあわせて。……………。夜にやらないほうがいいのはわかっている。でも気にしないさ。おれなりの、あの世とのかかわりかたさ』

というように、やはり不気味な無言ゾーンが挟まれている。

このあとにはエンジンのかかる音。

十五分ほどして、経太郎の声で、

『ほんじゃあ、ちょっくら行ってくる』

プラス、開閉音。どこかに出ていったようだ。

しばらくして、戻ってきたらしく、また開閉音。そしてこう続く。

『終わったよ。しかし暑いな。……………。天気予報じゃ、来週はさらに暑くなるとかいっていた。本当、どうなっているんだか。……………。そうだな、これが温暖化ってやつなのかな。まあいい、それで、どうだ？　最近もがんばっているかい？　おれはあいかわらずうだつのあがらないサラリーマンとしての――』

こうして例の二十二時半につながるのであった。で、経太郎が倒れたときのものと思われる、衣擦れの音が二十二時三十八分二秒。しばらくして開閉音があり、そのあとは録音が自動的に終わる二十五時三分まで、サイレンの音などは聞こえるが、誰かの言葉は一切録音されていない――。

録音データはこのような具合だ。まだ二十一時半より前のデータをほとんど聞けていないが、胆《きも》はやはり――衣擦れの音がする直前の六、七分間の箇所だろう。

いまも不狼煙は、そこを重点的に聞きかえす。

そっちの世界にいるリョウコを見たいと思っているんだ。さっきもいったけど、そっちの世界に完全に行ってしまうわけにはいかない。でもこう、完全に、でなければね。

そっちの世界――あの世。

死後の世界！

昼に聞いたときよりも増して不気味さを感じてしまう。経太郎は死までの数分間、何を体験したのだろう？　問題付近の開閉音では、一体誰が――いや、一体何が、出入りしたのだろう？

私の中で主張する胸騒ぎは一体なんだろう？

なべて――とりわけ自然界において――不気味なものは有害であるおそれがある。不気味ではないものだけで日々のサイクルを回せているのなら、わざわざリスクを取って不気味なものに近づくべきではない。だから不気味なものを避けようとするのは、少なくとも霊長類の神経系が先祖から代々備えてきた防御機能だ。

データを聞いていると、なぜか、不安な思いになる。

あの世なんてないとわかっているのに。

――いや、本当にあの世はないのか？

不狼煙は考える。私の中で激しく自己主張する胸騒ぎとは、代々備えてきた防御機能が文明社会に潜む心霊現象の害を鋭く見抜いていたことによるものなのだろうか？

対麻野の防衛線として捜査を進めたいという思いはある。しかしそれと背反する、べつの思いも徐々に頭をもたげてきた。それは不安だ。経太郎の死にぎわのデータを聞いたことがあるのは、この広い地球上で彗山と不狼煙の二人だけだ。何度もデータを聞いていて、大丈夫なのだろうか？

霊の写った写真などはさっさと焼くのが吉とされる。

不狼煙は放射線物理学の偉大な母マリー・キュリーを連想する。べつに勉強が好きだったわけじゃないから大学に行かなかった不狼煙であるが、さすがにキュリーと人類の関係ぐらいはざっと理解していた。

キュリーは自宅に実験室を設けてラジウムの放射能を研究していた。キュリーの研究のおかげで人類は物理学体系の重要なピースを得ることができた。のちにキュリーは白血病で没した。放射線に対してあまりにも無防備な実験環境であったためと考えられている。ただしキュリーが実験していた時代はまだ、放射線が持つ死に神のような有害性は今日のように当然視されてはいなかった。

死者言葉の謎。不気味なデータをこんなに何度も聞いてもいいのだろうか？　心霊現象に対してあまりにも無防備では？　そう思うのについ何度も聞いてしまう不狼煙。このとまらない衝動がもうすでに何かの兆候であるというのだろうか？　というのであれば……

……おい。

……おーい。

呼ぶ声が聞こえる。

私を呼ぶのは誰だ？

菱子か？

「――おーい、不狼煙！」

という彗山の声で不狼煙はわれにかえる。リリリリリ。私の手もとの電話が鳴っている！ 無自覚の沈思黙考であった。不狼煙は慌ててデータの再生を一時停止させて、受話器を取る。もしもしこちら彗山興信所です。報酬未払いの依頼人からの電話だった。不狼煙はマニュアル通りの応対をする。

終わるのを待っていた彗山がからかうような口ぶりで、

「電話番もできんのかね、君は」

「すみません、ぼうっとしていました」

不狼煙は身体《からだ》ごと彗山のほうに向く。と同時に、手もとにあるミルクのコップを倒してしまった。不注意であった。

「あっ……」

彗山は、おいコラッ、と鋭くいう。

ミルクは椅子の上にこぼれた。パソコンのほうにこぼれなかったのは幸いだが、椅子の上にあったクッションにはミルクが染みてしまった。床にこぼれていないのも幸い。不狼煙はクッションをシンクで水洗いしたあと、ベランダの洗濯機で洗いはじめる。この洗濯機は毎日使われているわけではないが、泊まりで仕事をするときや掃除のときに便利だという理由で設置されているものだ。

「すみません」

不狼煙がしょんぼりしていうと、彗山が鼻に皺を寄せていう。

「ぼうっとしすぎ。魂、持ってかれてるぞ」

「魂……」

経太郎は死の間際に菱子の魂と会話していたのだろうか？

などと、また経太郎の死にぎわのことを考えていると、彗山の声。

「おいおい、魂とかいうワードだけでトリップされちゃかなわん！」

「彗山さんは……、魂というものについてどう考えていますか？」

彗山は大学ではかなり勤勉な学生であったらしい。自分よりも学業を積んだ人間の意見を聞いてみたかった。しかし彗山は真面目にとらえなかったようで、

「どうもこうもね。……かーっ、不狼煙は若いなあ」

髪をくしゃくしゃとする。この反応自体が回答になっていると見てよいかもしれない。

「彗山さんもお若いですよ」

「てめえ、上からものをいいやがって」

といったのち彗山は、あっそうだ、とつぶやく。

「あれ、試してみるか」

「あれってなんですか？　何か胡散臭《うさんくさ》いアンチエイジング法ですか？」

ジョークをいってみる。若々しい美を持つ彗山にアンチエイジングなど不要だ。不狼煙はそう思う。くしゃくしゃとされた髪にすら、野性と気品を兼ねた妙を感じる。

彗山は機嫌よさそうにげらげらと笑う。

「違う、もっと胡散臭いやつだ。今朝の依頼人だよ。やつの名刺を使うときが来たのかな、と思って」

「ああ、あれ！」

「ついにあれを使うときが来てしまった」

などと、彗山はどこか芝居がかった言葉を唱えながら、デスクの引きだしを漁《あさ》る。

今朝の依頼人、陣内の名刺だ。

彼の驚きの仕事とは——なんと、除霊師であった。

あの野暮ったい男がまさかこんなカリスマ的な肩書きで活動しているとは。

某雑誌のアンケートで〈子供になってほしくない職業〉ランキングで一位を取った際には〈親戚に説明できない〉〈安定した収入が見込めない〉のほか〈そのうち逆に取り憑かれないか、心配〉というコメントもあった。

角の曲がった名刺をデスクの上に置いて、彗山はいう。

「じつはちょっと興味あったんだよね」

「私もです」

陣内と除霊。不狼煙の中でのイメージはおおよそ映画『ゴーストバスターズ』。

「プロにお祓《はら》いしてもらったら、ちゃんと仕事に集中できるようになる？」

子供にいいきかせるような口ぶり。

「もちろんです。そもそも、べつに魂を取られているわけじゃありませんからね」

「ぼけぼけしていると、麻野に興信所をつぶされるぞ」

名刺の電話番号にかけると、知らない女性の声で応対された。陣内の妻の声でもない。

名刺が手もとにあるというと、ＶＩＰ待遇モードに切り替わったようだった。あれやこれやのあいだにすぐお祓いの予約を取ることができた。明日の十五時に興信所まで来てくれるらしい。

電話を終えたあと、二人はデスクワークに戻った。

しかし不狼煙の仕事はとくに火急のものではない。洗濯機が電子音を鳴らしたあとはクッションをベランダに干した。乾燥機までは備えられていない。

そのあとはトイレに。ピカピカの便座に腰かけて休憩。トイレットペーパーは従来シングルだったが、いまはダブル。ダブル派の不狼煙が彗山に思いを語ったところ、彗山が感化されたのであった。こんなところにまで思い出がある。

トイレから戻ってくると、

「どう、少しは進んだか？」

彗山に訊かれた。

「ある程度は」

「なんか、急ぎの用はあったっけ？」

「ありませんよ。のらりくらりの通常業務ばかりです」

「だよな。私はいまから郵便局に行って、この封筒を書留で送らにゃいかん。どうだ、いっしょに郵便局に行って、その足で……、死者言葉の捜査、行くか？」

不狼煙は机の上を片づけながら、

「ぜひ。でも具体的には、どこに？」

「菱子の正体を探るっていうけど、結局、もともと受けていた依頼をそのままこなすだけでいいんだ。対霊用の戦略は除霊師導入ぐらいで済ませておいて、あとは定石通りに調査しようと思う。そんで私の定石だと、次は職場だ」

「六橋商事ですね」

「そこで高本経太郎という男をもう少し解剖したい」

オーキードーキー。

出かける前、不狼煙はちらりとベランダを見る。

先ほど干したばかりのクッションが視界に入る。彗山といっしょに買った代物だ。あれにミルクをこぼしてしまったといううっかりは、まるで彗山との平和な暮らしを菱子の霊が汚そうとしていることの象徴のようでもある。そう思いながら、クッションを見て不狼煙ははっとする。――駄目だ……、また魂を取られそうになっていた。ぼうっとしていちゃ駄目だ、反省しなきゃ、私。

そう。ベランダに干したクッション。これは菱子の霊の悪さではなく、そうした〈反省〉の象徴ととらえるべきだ。

第二幕

これが私の体験した身の毛もよだつ死者言葉事件だ。
汝《なんじ》、死者と言葉を交わすなかれ！
死者と会話するとK氏のように命を奪われる！
不狼煙さくら『ホンモノの探偵が出会ったおかしな事件たち』

死とは何か。
死没とは何か。
死没はどのような体験として私にやがて降りかかるのだろうか。
高本菱子のノートより

1

六橋商事呼塩支店ビル。経太郎は毎日そこで働いていた。

そのビルから少し離れたパーキングエリア。ハンドバッグをリアボックスから取りだし、国道に向かいながら不狼煙はいう。

「しかし経太郎さんの写真については、借りているものをコピーしてから返せばいいんですが、菱子の写真を借りられなくなったのは痛いですね」

「問題ない。あんな昔の写真があったってどうしようもない。もしも菱子が生きていたら、四十を越えているだろう？」

歩きながら、彗山がいう。

いわれてみれば、菱子の写真はとくに使いどころがない。

あと、不狼煙は気づく。風変わりなお墓参りであったという解釈以外にも、菱子がまだ生きているという解釈もあるのか、と。その視座は不狼煙の頭からすっぽりと抜け落ちていた。思えば、いのいちばんに立てておかねばならない仮説だ。

「いわれるとそうですね。死んでいたら、歳を取らないかもしれませんけど」

「うらめし――いや、うらやましい」

「でも、死んでいる人が生きている人と話をするなんてありえないですよね？」

さっきも訊いたことだが、きちんと答えてくれないので何度も訊きたくなる。

「死者と生者の会話、私は否定しないよ。生命と非生命の境界は科学的にも曖昧だ。科学者に出番はなく、詩人の想像力が生命を生命たらしめているといっても過言ではない。その見地に立つと、死という現象ですら人間と人間の会話を必ずしも妨げないのかもしれない」

「それ、私に理解してもらおうと思ってしゃべっています？　何をいっているのか、さっぱりわからないんですけど」

「ほうら、私たちのあいだには死という現象が横たわっているわけでもないのに、人間と人間が会話できていないぞ」

二人は死ぬほど笑った。

角を曲がったとき、彗山は突然立ちどまってあとずさりした。ぶつかりそうになり、不狼煙は足をとめる。角の手前で身を潜める二人。

「どうしました？」

「首だけ出して、おもちゃ屋のところを見てみろ」

不狼煙はそっと角から顔だけ出す。

さまざまな店が並んでいる。六橋商事のビルまであと五十メートルくらいだが、三十メートルくらいのところにおもちゃ屋がある。

おもちゃ屋の店頭には家庭用ビデオゲームのデモ機があり、客が自由にテストプレイできるようになっているようだ。任天堂の回しものではないが不狼煙はあれもこれも〈ファミコン〉というくくりでまとめるほどにビデオゲーム業界に興味がないので、よくわからない。ゲームのコントローラーに触らず、画面が自動的に流れる様子を見ている男がいた。

麻野だ。

不狼煙は悲鳴をこらえた。基本的にゲームの画面を見ているが、ときおり周囲の様子をさっと観察しているようだ。見ようによっては、店頭に積まれた安物商品の何かを万引きしようと考えている不審者に見える。ビデオゲームのデモ機を触ってみたいけれども、自分のような大人が触っても恥ずかしくないのかと自意識過剰になっている男にも見える。だが麻野があの場にいるのはおそらくそうした理由ではない。

不狼煙は首をひっこめた。

「あれ、張りこみですよね？」

「警察が望美さんに何かの用で連絡したとき、望美さんがついでに先ほどの私たちの訪問についてしゃべったのかも」

もしそうなら、彗山が菱子という名前を故意に警察に隠していたと、麻野はそう思っただろうか。

「だとしても、どうして六橋商事を張りこむんです？」

「目的は私たちかも。彗山が高本経太郎のことをよく知ろうとするなら、六橋商事の関係者に話を聞きにいくだろう。だから張りこんでおこう。と、あいつ、そんなふうに考えたんじゃないか？」

「本気で私たちをつぶしにかかっているんですね、やっぱり」

「麻野は私が引き受けよう。そのあいだ、不狼煙が六橋商事で訊きこみをしておいてくれ」

私、信頼されている。自尊心をくすぐられる不狼煙であった。

いっぽう麻野担当も単なる囮《おとり》ではない。不狼煙は指摘する。

「つまりいいかえると、そのあいだ、彗山さんが麻野さんから訊きこみをするというわけですよね」

彗山でなければできない仕事だ。

「夜、興信所で落ちあおう」

といい残して、彗山は角を曲がって姿を消す。

一分強待ったあと、不狼煙はまたもや角から首だけ出す。麻野と彗山はすでに少しおもちゃ屋を離れていた。二つの後ろ姿。不狼煙がいる角とはべつの角を、すぐに曲がった。あっちのほうにパトカーが停めてあるのか、ゆっくりとしゃべることのできる喫茶店があるのか。

都合上、彗山が麻野を五分や十分で自由にさせるとは思えない。時間は充分にあるはず。自分が角を曲がって六橋商事に向かうまで、不狼煙はもう一分ほど待った。

当たり障りのない無難なイラストのポスターが三枚貼られた玄関。ガラス張りのすぐ向こうに小さな受付が見えた。不狼煙と同じくらいの年ごろの女性がちょこんと腰かけている。

人に訊いてまわるとき、興信所では保険調査員を装うのが定石となっている。偽装用の名刺を持ち歩いているぐらいだ。興信所だの探偵だのというと、響きが非日常的すぎるために相手が興奮してしまって話にならないことがある。だが、保険調査員ぐらいであれば〈よくわかんないけど調べ事をしているんだな〉という、ちょうどいい非日常となる。

私は彗山さんに信頼されている。今回も保険調査員で行ってやろう。

ドアをくぐり、受付に話しかける。

「お忙しいところ、すみません。私、保険のものでございます」

形式的な調査のために経太郎の同僚と話がしたいと伝えた。保険のものがなぜ生前の勤務の様子を訊きにくるのか、自分でも意味不明だけど。ただ、本当といえば本当のことだ。不狼煙の調査には、表面から見える以上の事件性がないかを確認するという意味の〈保険〉の目的もあるのだ。

受付は愛想よく応じてくれた。そのあと送話口に向かって、生命保険会社のかたです、と伝えた。生命保険会社といったのは私じゃなくてあんただからな、と不狼煙は強く念じた。

「少々お待ちください」

隅っこの観葉植物の横にソファがあった。待つとき、表から見えないようそのソファに座った。彗山の呪縛をふりきって麻野が玄関の前に戻ってくるおそれがあるからだ。彗山の粘りを信頼しているとはいえ。

やがて奥からやってきたのは経太郎と同じぐらいの外見年齢で、ショルダーバッグを脇に抱えた男。ノーネクタイ、汗ばんだ半袖ワイシャツ、スーツズボン。胸ポケットから名刺入れを出し、その中から抜いた一枚を不狼煙に向けて、

「お待たせしました、経理の千頭《ちがみ》と申します」

不狼煙も偽装用の名刺を渡して、

「不狼煙と申します。保険会社のほうからやってまいりました」

郵便局とは無関係な人間が、郵便局の〈ほう〉からやってきました（郵便局からやってきたわけではない）、と自己紹介しつつ消火器を売りこむのと同じ手口。私のやってきた方角を延々と辿っていけば、そのうちどっかの保険会社のビルにぶつかるんじゃない？

このような表現を用いるのは不狼煙の場合、法に触れないようにするためではなく、一応嘘はついていないんだしと考えることで気持ちに余裕を持つためであった。ここまで口にした以上、騙《だま》していないなどといい逃れられるとは思っていない。

千頭は不狼煙の隣に腰かけ、顔だけ横に向けた。

「保険のことでお見えになったと聞いております」

「はい、いくつかお訊きしたいことがありまして――」

急に、千頭は玄関を指さした。

「ここは窮屈ですから喫茶店でお話ししませんか？」

この場所でこのまま話を続けると、麻野が戻ってこないかどうかを気にしてしまい集中できないかもしれない。渡りに船かも。不狼煙が曖昧な相槌《あいづち》を打つと、それを了解の返事と受け取ったようで、千頭は腰をあげた。

千頭についていく不狼煙。玄関をくぐるとき、ようやく、

「しまった、もしも彗山さんたちと同じ喫茶店に入っちゃったらまずいじゃん」

と、気づいた。

しかし、千頭が彗山たちの消えた方角とは真逆の方角に足を向けたので、ほっとする。しかもすぐに左折した。これなら麻野が六橋商事ビルの前に戻ってきても死角。

信号待ちをしているあいだ、千頭がショルダーバッグを軽く叩《たた》く。

「ぼくは今日、このまま仕事を抜けようと思います。つまんない仕事を抜けるいい口実になりました。助かりましたよ、ありがとうございます」

わざわざ場所替えを提案したのにはそういう腹があったか。

千頭は半ブロック先にある看板を指さした。

「あそこの喫茶店でかまいませんか？」

「はい。あの、高本様とはよくお知りあいの仲だったんですか？」

「部署は違いますけど、同期です」

「ああ、それは」

詳しそうだ。ともすれば、菱子のことだって知っているかも。どうやってほじくってやろうかな。肉がたっぷり入っていそうなカニの足を前にしたような気分になる。

千頭は深いため息をつき、

「でも〈同期です〉ではなくて〈同期でした〉。過去形になっちゃいましたね」

返しに困る不狼煙。保険調査員に扮《ふん》するのはいつものことだが、基本的に盗難保険や医療保険。生命保険を口実にしたこともあるが、それは勧誘という形でターゲットに近づくためであって、誰か具体的な人物の死を背景とするものではなかった。

「で、お訊きになりたいことというのは？」

喫茶店にて、千頭が問う。どうでっちあげるか、すでにまとめてある。

「ざっくり申しあげますと、高本経太郎様が日頃会社で健康にはたらいていらっしゃったかどうかを伺いたいんです」

「健康にはたらいていましたよ。でも健康診断はあんまりいい結果ではなかったみたいですけどね。あのう、そういう話、同じ会社だというだけのぼくなんかに訊くんですか？」

「ご家族にはのちほど。今回は予備調査です。本人死亡時にこのような調査をすると明記されたプランなんです。それで健康について具体的に伺いますが、まず、高本経太郎様はお酒をよく飲んでいらっしゃいましたか？」

酒↓飲みニケーション↓人間関係、という具合に話題転がしのおおまかなルートを頭に浮かべている不狼煙。

「予備調査？　へえ……」

千頭は胸ポケットに手を入れる。名刺入れから先ほど不狼煙が渡した名刺を取り出して、目を細めて興味深そうに見つめる。

不狼煙は押す。

「そうなんです。最近はこういうプランも流行《はや》っているんです」

「最近の保険会社はぼくの世代の人間にゃ、正直、わかりにくいものになっているようですね。なんでもかんでも保険になさるし、八百屋の野菜並みにいろんな種類のプランを品揃えされるものだから、どうも理解が追っつかなくて。保険に入りすぎたり入り損ねたりしたときのための保険を用意してくれたら入りたいぐらいですよ。――あっいや、冗談ですよ。そういうプランすら本当にありそうだから怖いのです」

カニの肉をほじくろうとしているのに、スジしか出てこない。

「お酒のことですが、たとえば毎日どこかに飲みにいったりしていましたか？」

「ぼく、高本の同期だっていいましたよね」

「はい？　ええ、はい」

「同期が二人だけっていうわけではないんですが、多くは転職したり、そうでなくとも転勤になったりして、あの支社に残っていたのはぼくと高本だけだったんですよ。いやじつはぼくもいったんは東京の本社勤務になったんですけどね、すぐにこっちに戻ってきて。いっぽう高本はずっとここです。二人だけになっちゃったから妙な仲間意識がありましたね、ぼくたちには」

老い特有の自分語りしたがりモード、か。だったらその方面で攻めよう。

「高本様はずっとこの町で暮らしていらしたんですね」

「いや、大学は東京の私立ですよ、やつ。でもそのあとはずうっとこの町。話を聞いた限りでは、大学時代以外はずっと呼塩だったそうです。いわゆるジモティーです」

「高本様のご家族はご存命でしょうか？　何か大きな病気をされたなど、高本様から話を聞いていませんか？」

そんなこと、家族でもないやつに保険調査員が訊くか？　自分でも相当訝《いぶか》しく思うけれど、堂々としていればいいのだ。押せ押せである。

ウェイターがやってきて、注文のアイスコーヒーを二つテーブルの上に並べる。ご注文の品は以上ですか、と形式だけの質問を済ませてまた去った。

千頭はアイスコーヒーにシロップとミルクを投入。

「やつのところには子供はいません。奥さんはずっと元気。ご両親もご健在のはずです。ただこれ、確証はないんで、はっきりしたことは奥さんに訊いてくださいね。ご両親ももういい歳ですから、ぼくの知らないうちにじつはぽっくり、なんてこともあるかもしれません」

「ご兄弟は？」

日本語ではこういうとき兄と弟という漢字を並べるが、いま不狼煙がイメージしているのは兄でも弟でもない。妹だ。

「兄弟？　兄弟の話をした記憶はちょっとないですねえ」

「姉や妹のことも？」

不自然な確認に聞こえるだろうが、念のために。

「そうです」

「先ほどおっしゃっていましたが、高本様は健康診断の結果があまりよくなかったのですね？」

「ぼくらの歳になると、みんな、どっかしら悪いですよ。ぼくだっていろいろとガタが来ています」

「高本様はやはり心臓がお悪かった？」

「みたいですよ。ただそれで救急車を呼んだり入院したりといった経験はなかったはずです。〈お前、救急車に乗ったことある？　おれ、まだないんだよ〉なんて話を最近やったばかりなんです」

この歳の男たちはそんな話で盛りあがるのか。

「ふだん高本様とは、ほかにどんな話を？」

「趣味の話などですかね」

「それは、具体的には？」

千頭はストローに口をつけて、派手な音を立てて茶色い液体を吸いあげた。コップの液面をじっと見る。何事かを考えだしたようだ。回答を待つ不狼煙。不狼煙はブラックのままでアイスコーヒーをまず一口だけ飲んだ。コップをコースターの上に載せたあと、コップ内の温度をなるだけ一様にしようと、ストローで二、三周、円を描いていたとき、

「不狼煙さん……、でしたね？」

千頭がぽつりという。

不狼煙はコップとストローから手を離して、

「はい」

「もう、保険調査員のふりをしなくてもいいですよ」

「えっ」

「大丈夫です。無償で協力します」

不狼煙の目をじっと見つめる千頭。今回の事件にかんして見てきたどの人物の視線よりも真剣な視線が千頭の両目から発せられている。

冷たいプールに突如つきおとされたような気分。その場から逃げだしたい思いが一瞬去来するも、その一瞬が過ぎてみると、今度は逆に安心感を覚えるようになった。冷たい水であるはずなのに肩まで浸《つ》かってみるとなぜか温かく感じるようになるのと、ちょうど同じ。そこから出ることのほうが不快ですらある。

千頭の真剣な視線にはそうした頼り甲斐《がい》が感じられた。

自分の判断は間違っていないはずだ。

「わかりました、打ち明けます。私、探偵なんです」

千頭はまたストローに口をつける。今度は静かに茶色い液体が上昇する。不狼煙は千頭から目を離さない。千頭はストローから口を離して、

「なるほど、探偵さんでしたか。いや、保険調査員にしては妙なことばかりお訊きになるんで、この人はなんなんだろうと考えていたんですよ、結構前から。警察なら警察だといって正式に事情聴取したほうがいいだろうし。どっかの三文記者か高本の知りあいか親戚かと思っていました。ぼくの知らないところで生前の高本がなんかでかい話に鼻をつっこ

んでいて、そのことで何か揉《も》めごとが起きているのか、と」

「騙してすみません」

千頭は片眉をつりあげて、

「お気になさらず。あんまり騙された気もしていませんよ。さっきもいいましたけど、結構前から怪しんでいましたから」

「そうですか……」

「でも、ぼくも高本の話をしたい気分なんです。だからニセモノの保険調査員相手だろうと誰だろうとべつによかったんです。ただ、意外と話が長くなりそうなんで、さっさと正体を明かして気を楽にしてもらおうかと思いまして。——それで、一体なんなんです？　本当は何を訊きたいんですか、探偵さんは」

このまま洗いざらい打ち明けてしまおう……、という思いは山々なのだが、犯罪じみた盗聴のことまでしゃべってしまってもいいのだろうか？

不狼煙が言葉に詰まっていると、千頭は優しい笑みを浮かべた。

「プロ意識の高いかただ。依頼内容をしゃべれといわれてホイホイしゃべるわけにはいきませんよね、たしかに。いいでしょう、構いません。要するに、生前の高本の素顔に迫りたいと、そういうわけですね？」

実際には本来の依頼人からは嫌われているのだが、言葉に詰まった理由を、千頭はいいように解釈してくれた。不狼煙は乗っかる。

「そうなんです。すみませんが、依頼内容はお話しできません。しかし私が知りたいのが何かというと、高本さんが最近どんな生活を送っていたかということ、あと、高本さんの妹さんのことだけです」

「妹、ですか。それは――、ア、いや、事情は訊きますまい。さっきもいった通り、高本について話をする機会がもらえるだけでぼくには喜びなんですからね。欲をいえば、探偵さんの調査でわかったことを話してもらえるとうれしいですが。依頼内容はお話しにならなくて結構。ぼくに話せる範囲のものでかまいませんのでね。……で。妹がいるのは間違いないんですか?」

「若いときに亡くなった妹さんだそうです」

「道理で話に出ないわけですよ。ご病気?」

「自殺だとか」

「……。なるほど。その妹が話に絡んでくるとなれば、たしかにぼくなんぞにホイホイ話せるような内容ではないでしょう。高本の親御さんの住所はご存じです?」

「知りません。千頭さんはご存じですか?」

「若いころ、やつから実家住所で年賀状が来たことがあります。まだ引っ越していないかどうかは知りませんが。年賀状は捨てていませんから、うちに帰って発掘調査をすれば出てくると思います。とりあえず、あとで電話をさしあげますよ――」

てきぱきといったあと、千頭は自身の胸ポケットを指でついて、

「――この電話番号はフェイク？」

保険調査員を装った名刺のことだ。

あれこれと話が早い。千頭からは有能な社員のオーラを感じる。

不狼煙は答える。

「興信所の電話番号です。でもその名刺を見て電話をかけてきた人なんてこれまで一人もいませんから、困ったことにはならないんです。ボスがそういっていました」

千頭は口笛を吹く。

「あなたもあなたのボスも大した胆をお持ちですな。……そうだ、そこまで大胆になれるんでしたら……、どうです、いまから一軒行きませんか？」

2

不狼煙が彗山のもとではたらきはじめたのは四年前のこと。

高校二年と三年のあいだの春休みのことだ。不狼煙は値の張った服を買うため、短期のアルバイトをしようと考えた。求人広告誌片手にまずは花屋の店員に申しこんだのだが、

面接試験をパスできなかった。次にカフェの求人に挑むも、これも駄目。できれば楽をしたいという怠け心が顔に出ているのかもしれないと考えた不狼煙は、いちばんやる気のなさそうな求人広告を探した。そうして、

彗山興信所
仕事内容＝資料整理。猿でもできます。

という手書きのやる気のなさそうなところに当たってみると、採用となったのである。当時の興信所は彗山一人で回されていた。溜まりに溜まった書類の山から領収書を抜き出しつつ、書類と領収書を日付順にソートするのが不狼煙に与えられた仕事だった。アルバイトは当初短期契約だったが、新学期になっても不狼煙は毎週のように興信所の雑用を手伝うことになった。書類整理や掃除などだ。猿にはできなかったとは思うが、簡単な仕事だった。

同年の夏休み、両親と進路の話で衝突した。むしゃくしゃした不狼煙はぷいと家を出て、彗山興信所に寝泊まりするようになった。彗山は追いだすようなことはせず、あいかわらず単純作業を不狼煙に任せて、多額ではないが飢え死にせずに済むだけの金をよこしてくれた。二学期には欠席が多くなり、ついには中退。もう勘当扱いされても仕方ない。

そう覚悟していたのだが、案外、一転して平和なつきあいとなった。ふっきれたのだと思う。あるいは、親ならこう考えるだろうと子が読んだつもりになるのは宿命的な傲慢なのかもしれない。子の知らない親が親の胸の中にはいつもいるのかもしれない。

とはいえ、いまでもまだ、不狼煙はあんまり実家に寄らない。非正規のアルバイト雇用から正規雇用に切り替わった時点で、不狼煙はアパートを借りた。

彗山とは今日に至るまで、雇用被雇用の関係を越えて親しくさせてもらっている。二人で新オープンの飲食店に食べに行ったり、服を買いに行ったりもする。

また、彗山も不狼煙も映画好きだ。興信所には彗山の私物ながら映画のVHSがいくつも常備されており、頻繁に二人鑑賞会が催される。ラインナップとしてはベネチア国際映画祭で評価された作品が多くて、溝口健二《みぞぐちけんじ》監督作『雨月物語』(不狼煙感想=「めちゃくちゃに泣ける！　京マチ子のオーラも印象的」)、J・デュヴィヴィエ監督作『舞踏会の手帖《てちょう》』(不狼煙感想=「恋愛映画のクライマックスだけがずっと並ぶという贅沢」)、R・クレマン監督作『禁じられた遊び』(不狼煙感想=「子供の無邪気な残酷さ。男の子を励ましたくなる」)など。二人鑑賞会で観た作品は数えきれない。

不狼煙は一人っ子。今日では、彗山のことを姉のような存在に感じている。職場が大好きなのだ。失うわけにはいかない。

いかにも常連という挨拶。

店名は『SEED』。店のガラス扉を開けるなり、千頭はカウンターにそんな挨拶を投げた。カウンターには不狼煙と同じ年ごろらしき女がいて、何かの帳簿をつけていた。カウンター席とテーブル席は離れているが、合わせて十五席ほど。奥にステージがあり、スタンドマイクが一本ぽつんと立っている。

客席にはアロハシャツでスキンヘッドの男がいる。彼は足を組み、静かに文庫本を読んでいる。ほかの席では、ブラウンのベストを着た男がテーブルを拭いていた。カウンターの女、アロハシャツの男、ベストの男。ほかには誰も見当たらない。

カウンターの女が顔をあげる。胸の小さなプレートに〈スタッフ　市畑〉とある。

女は千頭の斜め後ろにいる不狼煙のほうをちらりと見たあと、笑いながら、

「あれ？　千頭さん、珍しい。今日はデートですかー？」

「だといいんだけどね。違うよ。あと、本当にデートだと思うなら〈珍しい〉なんていわず〈女の人を連れてきたのははじめてですね〉といってくれよ。〈珍しい〉っていうのはわずかにあるってことじゃないか。気まずくなっちゃうよ」

「オーダー、いつものですね。お連れのかたはどうします？」

女はさっさと話を進める。

「来たよ」

不狼煙は口を開く。

「同じもので」

千頭は不狼煙に向かって、

「こちらは店員の市畑《いちはた》さん」

と、紹介する。市畑、不狼煙に向かって小さく頭を下げる。

千頭は市畑に説明する。

「今日は話があってね。この人は保険調査員のかたなんだ」

市畑は警戒するような表情となり、

「はあ……」

「高本のこと、聞いてる？」

「え、何かあったんです？」

「あいつ、亡くなったんだ」

「──嘘でしょ？」

知らなかったようだ。

不狼煙、口を挟む。

「本当なんです」

この店は六橋商事のビルと経太郎自宅のあいだに位置する。

コーヒーショップで千頭から提案されたのはむろん、ただどこかに飲みに出かけようというだけのプランではなかった。最近の経太郎はこの『SEED』という店にハマっていたそうだ。千頭が春先に紹介した店であり、以来二人はほかの常連客や店員を交えてここでよく飲んでいた。もともと千頭には毎週木曜にこの店に行く習慣がある。花の木曜日、花モク。とくに今夜は店の人々に訃報を伝えるという使命も感じていたそうだ。

千頭の協力のもとで保険調査員のふりを続ける手筈《てはず》。彗山との合流が遅くなりそうだが、収穫が期待できるこの重要な同行を断ることはできなかった。

ちなみに千頭が最後に『SEED』に来たのは三日前の月曜。そのとき経太郎はいなかった。経太郎と『SEED』でいっしょに過ごしたのは、日曜が最後だったという。

市畑は目を丸くして、

「何、わかんないです。なんで？　どうしてですか？」

不狼煙は千頭と市畑の顔を見比べる。千頭が黙っているので、不狼煙が答える。

「心臓麻痺で……」

「それって不健康がたたったということですか？」

「ええ、まあ……」

「もう！　だから私、もっと健康に気を使わなきゃ駄目、っていっていたのに……。亡くなったのって、いつです？」

「昨夜から今朝にかけてです。車の中に一人でいるときに息を引き取ったようです。今朝、車の傍《そば》を通りかかった人がご遺体を発見しました」

「そう……。えっと……、それで、保険調査員さんは。店長にご用なんですか？」

これには千頭が代打してくれた。

「というより、高本は『SEED』のことをざっくりと知っておきたいんだって。おれが話に出したからね、高本は『SEED』でよく飲んでいたって」

一人称が〈ぼく〉から〈おれ〉に変わっている。

市畑は、そうですか、といったあと、

「でも高本さんがまさか……。あっ、お通夜っていつですか？」

「ここらの習慣じゃ普通は明日にやるんだけどね。警察が調べごとをしているから、遅れるそうだ。昼に高本のカミさんと電話して聞いた」

「私、お通夜に顔を出したほうがいいですか？　どうしよう、知らない仲じゃないし」

「出したければ出してもいいとは思うけど、ややこしくなるかもなあ」

経太郎さんは望美さんからあれこれ疑われている最中に亡くなったんです。通夜に顔を出すと、ともすれば夜遊び相手の容疑をふっかけられますよ——といってあげたい不狼煙。しかし黙ってやり取りを聞いていると、市畑は通夜に出席しない流れになった。千頭は背後の絶妙な距離感を察しているのかもしれない。

カウンターでごたごたしていたので、離れたところにいたアロハシャツの男とベストの男が何事だろうとやってきた。

ベストのほうが不狼煙に向かって、

「『SEED』オーナーのタガミです」

と、自己紹介した。それを見たアロハシャツのほうも、

「サカベと申します、この店でジャズをやらせてもらっています」

すかさず千頭が耳打ちで〈店長さんと常連さんですよ〉と不狼煙にいう。こうした耳打ちで、のちほど〈田上〉〈刑部〉という漢字も教わることになる。

不狼煙は頭をぺこりと下げて、

「不狼煙です。保険の関係で、高本さんのご不幸について調査させてもらっております」

刑部がおうむ返しにいう。

「高本さんのご不幸……」

市畑が明らかに興奮した口ぶりで、

「心臓麻痺で亡くなったのよ、心臓麻痺！　亡くなったときには周りにだーれもいなくて、朝になって発見されたんだって！　それで保険調査の人が動いているんだって！」

「ご不幸があったのは昨夜？」

「そう」

「それは……、なんとも……」

言葉を濁す刑部。

田上は千頭と不狼煙の顔を見比べながら、

「最近は馬鹿に暑かったですからね、ハア。やっぱり関係あるんでしょうか」

「わかりません」

本当の保険調査員ならそういう統計に詳しいのかも。

田上は不狼煙をテーブル席に案内した。近くのテーブル席もくっつけて、全員がそこに固まった。市畑もレジを放ったらかしにしている。

ただ、刑部はいったん席に座るも、すぐに腰をあげて、

「おれ、高本さんのこと、マソラちゃんたちにも知らせてくる」

レジとは反対方向に姿を消した。

「マソラちゃん?」

不狼煙が千頭に訊く。

「この店で歌っている娘」

と、千頭が答える。追って市畑がいう。

「ナガツ・マソラ。知りません? 演歌を歌ってて、県民ホールでコンサートしたこともあるんですよ。単独コンサートではなかったですけど、マソラちゃんがポスターの中央に

どんと使われたんです」

「世間知らずなもので」

しかしテレビを見ないわけではない。県民ホールでの合同ライブが筆頭プロフィールになるあたり、全国放送の番組でおなじみというほどの知名度ではないのだろう。不狼煙はそう考える。

お茶を用意するよう、田上が市畑に指示する。市畑は席を外し、田上がいう。

「うちはジャズや演歌など、音楽ならなんでもよしの精神で演者を歓迎していましてね、ここで経験を積んでメジャーになって夢を叶《かな》えてほしいという思いなんです。マソラちゃんもそうした演者の一人です、さっきの刑部さんもね。刑部さんはコンボジャズのピアノ担当です」

店名の『SEED』とは〈才能の種〉〈人気アーティストの種〉あたりの意味か、と連想をはたらかせる不狼煙。

「この店ではいろんな人たちが演奏するんですか？」

「ええ。といってもドッと一度にお招きしているわけではありませんがね。ここ最近は刑部さんとこのジャズとマソラちゃんの演歌の両輪体制ですね。月曜水曜土曜が刑部さん、金曜日曜がマソラちゃん。木曜日は合同で、火曜が定休日。でも今日、刑部さんのお仲間は二人とも体調不良でお休みなんです」

演者も常連として数えるようだ。不狼煙は胸ポケットから手帳を取り出し、左手で胸もとに広げる。右手にペン。さあ、カニの肉をほじほじしよう。

市畑がアイスティーをテーブルの上に並べたあと、席に座った。アイスティーを受け取ったあと、不狼煙は田上にいう。

「伺いたいことは細かくいろいろとあるんです。早速質問させていただきますと、まず高本様は『SEED』でよくお酒を飲まれていましたか？」

まずは千頭のときと同じ。酒↓飲みニケーション↓人間関係。

「まずまず飲んでらっしゃいました」

「毎日のようにですか？」

「二日三日に一度くらい、ですかね」

「お一人で？」

こんな質問が保険調査となんの関係があるというのか。

「一人のときも多かったですが、こちらの、千頭さんとごいっしょのことも多かったです。このあいだの日曜もいっしょにいらっしゃいましたよね」

話を振られた千頭、口を開く。

「そうでしたね。高本はそのあと『SEED』に来ました？」

「昨夜、いらっしゃいました。車だったようで、アルコールは控えていらっしゃいましたが。お帰りになったのは、二十一時半から二十二時のあいだでしたね」

不狼煙は思いだす。〈暑くなったな〉と、車の盗聴器に経太郎の声が入るのが二十二時少し前。二十一時半と二十二時のあいだにここを出たというのなら、時間の流れとして矛盾はない。

次に千頭は質問ではなく、べつの形でサポートしてくれようとした。というのは、千頭はちらりと不狼煙を見たあと、

「この保険調査員さん、音楽の趣味があって、こういうお店に興味があるんだってさ。ついでにお店のことなんかをいろいろと説明してあげてよ」

と、いいだしたのだ。あれこれ訊きやすい環境作りをしてくれたようだ。そこまでしてくれなくてよかったんだけどな。音楽の趣味、ね……。私に音楽の趣味があるといえばあるような、ないといえばないような。いずれにせよ演歌やジャズはよく知らない。

千頭の言葉をそのままの意味でとらえたらしい田上は目を輝かせはじめた。もしも訃報に接していなかったなら、何か歓喜の言葉を発したかもしれない。

田上は不狼煙に訊く。

「どのような音楽がお好きなんですか？」

「ええと、キャンディーズとか、ピンク・レディーとか――」

その辺りのCDを自宅に並べている。高校の同級生たちといまでもカラオケに行くが、

自分だけ趣味が違う。十八番はピンク・レディー『シャーロック・ホームズの素敵な恋』。彗山とはほとんど行ったことがない。カラオケはさして好きではないようだった。

音楽に並みならぬ興味を抱いている田上相手に音楽の話をどう話そうかと困る不狼煙。しどろもどろになっていると、店の奥からがやがやいいながら三人が現れた。

うち一人は、戻ってきた刑部だ。

残る二人はともに女。一人は不狼煙や市畑と同じような年頃。和服の衣装を纏《まと》っており、頭にはかんざし。だがよく見ると和服の生地は薄く、あまり高価なものではなさそうだった。もう一人は、見たところ彼女よりも二まわりくらい年輩。薄手のアウターのポケットからマジックペンの頭が覗いている。小さなホワイトボードを小脇に抱えている。

ここでも千頭が小声で、演歌のナガツ・マソラさんと、そのマネージャーのイツミさんです、と教えてくれる。のちほど漢字も教えてくれた。若いほうが長津真空。もう一人が逸見。

長津が誰にともなく声をはりあげて、

「高本さんが亡くなったって、本当ですか?」

「そうなんです、ぼくもいま聞いたばかりで」

田上がいう。

不狼煙はいったん腰をあげ、長津と逸見に保険調査員として自己紹介する。頭をさげあったあと、もう一度腰をおろす。

そのまま長津はテーブルにつっぷした。

「本当に、本当なんですか……。ああ……」

刑部は、経太郎の死の詳細が知りたくてたまらないようで、

「不狼煙さんは現場のほう、ご覧になったんですか?」

「ご遺体は見ておりませんが……」

不狼煙がいうと、間髪を入れず次の質問をする刑部。

「高本さんのご遺体って、いまどこにあるんです?」

市畑も横から次々と質問する。

「警察の人とは話をしましたか? 第一発見者の人とはどうです?」

マネージャー逸見は、悲しげな目で不狼煙を見つめる。

「高本さんはそんなにお身体が悪かったんですか?」

「ええっと……」

「何か病気をされていたとか……?」

「高本様の健康につきましては、まさしく私どものほうが詳しく知りたいのです」

「ああ、そうか、そうですよね」

不狼煙がいうと、逸見は納得の表情となる。

そんな調子で、質問が乱舞。どうメスを入れようかと考えていた不狼煙のほうが、逆に四方八方からのメスでミンチになる思い。捉えようによっては、堅苦しい事情聴取にしたくないという念が通じたともいえるか。

Q&Aの内容をざっくり整理すると次の通り。

Q　現場を見ましたか?

A　現場には足を運びましたが、遺体は車ごと回収されたあとでした。

Q　保険調査員のかたが出てくるということは、もしかして死因が疑わしいのですか?

A　疑わしくても疑わしくなくても、一通りは調査する決まりとなっています。

Q　病死ではなく事故死ということですか?

A　病死と聞いています。しかしそのことも私の調査の対象です。

Q　自殺の可能性はありますか?

A　ないと聞いています。しかし調査の対象ではあります。

Q　不狼煙さんは音楽がお好きで、そのこともあって『SEED』にいらしたそうですが、どのような音楽がお好きですか？

A　キャンディーズとピンク・レディーです。

Q　現場はどちらですか？

A　呼塩西公園のほうです。

Q　高本さんはどうしてそんなところで？

A　存じておりません。みなさん、心当たりはありますか？（と、訊きかえすと、一同は首を横に振った）

Q　こうやって行きつけの店までやってきて調査するのはいつものことなんですか？

A　いいえ、いつものことではありません。死亡時の目撃者がいないので特別に調査しています。あと、私が個人的に音楽が好きなこともあって……、ええ。いや、それは大した理由ではないんですが……。

Q　仮に病死だとしても『SEED』での飲酒習慣の程度によって、おりる保険金の額が変わるのですか？

A　変わります。そのようなプランなんです。

Q　やっぱり、じつは殺人の疑いがあるのでは？

A　そのようには聞いておりません。

Q　夜になったらステージが始まるし、お客さんももう少し増えます。それまでここにいますか？

A　いや、そこまでは……。

Q　ジャズって聴きます？

A　すみません。あまり知らなくて……。

Q　ジャズは最高ですよ。今度『SEED』に聴きにきませんか？　今日はうちの二人、風邪をひいて休みなんですけど。いつもならぱーっと明るくなれるのをやっていますよ。

最後あたりのQは刑部によるものだ。不狼煙は曖昧な返事をかえしておいた。

Q＆A自体、なかなかの迷走っぷりだったが、実際にはそのうえQ＆Aだけでなく雑談も大いに挟まれた。彼らの名前の漢字を千頭が教えてくれたのもこのタイミングだった。事情聴取をしているのかされているのかがあやふやであり、そもそも事情聴取なのか雑談なのかすらもあやふやであるこの奇妙な空間は、どうやら『SEED』の空気がもともと持っている性格とも関係するようだった。というのは『SEED』では毎晩のように、ステージの人間と客席の人間が一つのテーブルで酒を酌み交わすそうだ。つまり、エンターテイメントの生産者と消費者の境が曖昧になる。境を曖昧にする性格が『SEED』にはあった。

雑談の時間のおかげで経太郎と『SEED』の関係について理解を深めることができた。話を聞く限り、経太郎は気前のいい客であったようだ。ほかの客にほいほいと奢《おご》るし、出張があったときには必ずお菓子や地酒などのおみやげを『SEED』に買ってきた。

経太郎は千頭といっしょに来るか、一人で来るか、そのどちらかであった。経太郎が千頭以外の誰かを連れてきたことはなかった。

木曜である今日は、本来なら長津の演歌と刑部たちのジャズがステージで披露される。だがジャズのメンバーは体調不良で揃っていないし、経太郎の訃報があまりにも場をかきみだしすぎた。田上の判断でステージ演奏はなしとなった。田上は白紙に手書きで〈今夜の演奏はありません〉と書き、それを出入り口のガラス扉に貼った。不狼煙がミュージックバーにいた時間、あらたな入店者の姿を見ることがなかったが、ひょっとしたらガラス扉の前でこの告知を見てUターンした人ならばいたのかもしれない。

頃合いを見て、不狼煙はその場にいる全員に向かって質問する。

「高本様が高本様の妹様について何か話をするのを、どなたかお聞きになったことはありませんか?」

話していたのを覚えている、と手を挙げる人はこの中にはいなかった。

田上が逆に質問する。

「高本さんには、妹さんがいるのですか?」

「すでに亡くなっていますが」

「ああ、そうなんですか」

田上は暗い顔で頷き、口を閉じた。

代わって、刑部が少し気になることをいう。

「妹さんを亡くしていたのは初耳ですけど、前に何人かで例によって飲んでいるときにで

すね、ホラー映画の話になったんですよ。それで死霊やら怨霊やらの話になったんです
ね、そうしたら高本さんがいきなり〈人というものは死んでも死なないのかもしれない〉
とか〈死んで無になるという考えは間違いだ〉とかいいだしたんです」

死んでも死なない、だって？

それは霊では？

死んでも死なない菱子――

菱子の霊――

不狼煙の脳裏に不気味なイメージがわっと押し寄せる。

駄目だ、またぼうっとしている。不狼煙は内心で自身を窘める。

興信所のベランダに干したクッションを思いだす。

些細だけど〈反省〉の象徴。

そう。ベランダに干したクッション。これは菱子の霊の悪さではなく、そうした〈反省〉の象徴ととらえるべきだ。

不狼煙は刑部に詳細を問う。

「それ、その通りの言葉でいったんですか？　細かな言い回しのことなんですけど」

「あ、いや、どうだっけ……。細かな言い回しは違ったかもしれないっすね」

「でも大意としては……」

「うん、そうなんです。とにかく、なんだかお化けやオカルトを肯定していたようにおれには聞こえたんですよ。高本さんってインテリだから、おれは〈あれ、意外だな〉とそのとき思ったんですよ。ああいうタイプって、お化けとか信じないと思っていたんで。だから覚えているんです」

「ギャップがあったんですね」

「はい。けど、そのときの高本さん、こう……、なんといったらいいのかなァ……。死霊やら怨霊やらの一般論を頭にイメージしているというより、誰か身近な人の霊魂をイメージしているような、ちょっと穏やかな表情をしていたんですよ」

「穏やかな」

「わかります？　お化けの話をしているときに暖かい気持ちになる人って、普通いないでしょう？　でもそれがお化けはお化けでも親とか兄弟のお化けの話であったなら、懐かしくなって、暖かい気持ちになるのもわかりますよね」

「なるほど、そういう調子で先ほどの旨を口にしたわけですね、高本様は」

「細かい言い回しには自信がありませんけど。でも、妹さんが亡くなっているという話をいま聞いて〈じゃ、あのときに高本さんがイメージしていたのってもしかして妹さんだったのかな〉と、おれ、思ったんです」

「たしかに。その通りかもしれません」

どうだったのかなア、と刑部はひとりごとのようにいう。

沈黙となった。そのあいだ、不狼煙は連想した。妹、家族、夫婦。望美の顔を思いだす。菱子が妹であることを教えてくれたのも望美であった。

不狼煙は沈黙を破る。

「『SEED』に通っていること、高本様は奥様には……」

これにはすぐに田上が口を開いて、

「内緒にしていたそうです。そういっていました、高本さんが」

望美との話の中に『SEED』のことは出なかった。だから、たぶんそうだと思っていたが、やはりそうか。

「高本のカミさん、きついからさ」

怒鳴るような声がする。発したのは、茹《ゆ》でダコのようになった千頭だ。Q&Aや雑談をしているおり、じつは千頭と刑部だけは酒を飲みはじめていた。とくに千頭は何度となくグラスを空けた。

私の正体を口走ったりしないだろうな、酔っ払いよ。

不狼煙は声をかけた。

「大丈夫ですか？」

「こんな簡単に死ぬなんて、あんまりだ。もうおれ、会社行きたくないよ」

子供のようなことをいう千頭。

刑部が相槌を打って、

「そうですよね、こんな簡単に死ぬなんてね……」

「悲しいなあ……、残念だなあ……」

「ええ、本当に」

「畜生、悲しいなあ……」

といいながら、千頭はぼんやりと壁を見つめた。――が、やにわに首をかくんと折り、自分の腕に巻いた時計を見る。かと思うと、さっと立ちあがり、

「じゃ、おれはこれで。お通夜はまだですが、高本のカミさんにお悔やみの挨拶をしてこようと思います。何か手伝えることがあるかもしれませんし」

突然のきびきびとした動きに不狼煙は驚く。

これで目が酔っ払いの目のままならいっそう心配になるところであったが、いまや千頭の目には真面目な男の目があった。完全に酔いのモードと外のモードを切り替えていると

見た。気のせいだと思うが、顔の赤みさえ引いているように見える。できるサラリーマンはこうなのか、と不狼煙は激しく感心した。

千頭といっしょに不狼煙も『SEED』を辞することにした。

3

興信所の部屋割りは玄関、リビング、洋室、DK、トイレ、それにリビングの外のベランダ、以上。リビングは応接室兼事務室として、洋室は物置として使われている。

戻ってみると、興信所のDKで彗山が夕食を取っていた。焼き魚と味噌汁《みそしる》だ。コンロから離れた壁には、ヴィヴィアン・リーとイングリッド・バーグマンのポートレートが貼られている。

「ただいまです」

「お帰り。遅かったじゃん」

「社内にいた経太郎さんの友人に気に入られましてね、経太郎さんの行きつけだったミュージックバーに足を運んでいたんです」

「お、捜査進展」

「です。ミュージックバーの関係者たちに菱子のことを訊きましたが、そもそもみな妹の存在を知らなかったようです」

「けど、経太郎さんのシルエットが前よりもはっきりしたんじゃない？　詳しく話してよ」

自分もここで夕食を済ませておこう、と不狼煙は考える。家に帰ってから食べるのが面倒だ。説明をしながら、インスタントのカレーをさっと作る。

麻野と彗山の背中を見送ったあとも、食べながら説明を続ける。

カレーを盛ったあとも、食べ終えたあとからの一連の流れ。

説明は事細かに長々と続いた。

彗山は相槌を打ちながら、質問を挟まずに聞いた。

「――で、私は千頭さんと別れて、帰ってきたんです。千頭さん、変わり者だと思いました」

「その捜査を踏まえてさ、菱子について、何か思いついたことある？」

彗山ははじめて尋ねる。二人は食事を終えていた。不狼煙は顔の前で手を横に振って、

「ありません。――彗山さんこそあのあと、どうでしたか？　麻野さんとの話で得られたこと、何かありますか？」

「望美さんにはもう近づくな、興信所の許可をとりあげるだけではすまないぞ、とやかましくいわれたよ。もしも私がやわな精神だったら、むしろ自主的に興信所を畳んでいたところだよ」

死者言葉の真相を知っておかねば。

不狼煙はここでも強く思う。

「それだけですか？」

「見くびってもらっちゃ困る。現場の状況について、いろいろと誘導してある程度の情報を揃えることができたよ」

さすが。いつもの捜査でも活躍している技術だ。こういうことを警察相手にも臆せずやっちゃうから嫌われるわけだが。

「具体的には？」

「現場状況についてだな。その気になれば警察署で話したときに掘りさげることもできたんだが、あのときにはまだ盗聴器を回収していなかったからさ。藪蛇《やぶへび》になっちゃつまらんと思ってね。回収したあとで詳しく訊いたというわけ。で、わかったことだが、現場つまり車内には当然経太郎の所持品があったんだが、その中に少し変わったプライベートの書類があったらしいんだ」

「少し変わった、プライベートの書類？」

表現が気になる。

「具体的になんなのか、そこまでは訊けなかったよ。麻野が口を滑らせたのを私が聞き逃さなかったにすぎないんでね」

「でも手帳ぐらいだったら、プライベートの書類っていいませんよね」

「と思う。ただしもう少しわかったことがあって。麻野はその書類について〈どこからどう読むのか、よくわからなかった〉といったんだ。あと〈トなんとかだっけ？　よく知らない〉とも口にした」

〈どこからどう読むのか、よくわからなかった〉？

〈トなんとかだっけ？　よく知らない〉？

これまた気になる表現。

何か印象に残る書類であったのは間違いない。

「トなんとか、というのは？」

「さあ」

「その書類が死者言葉と何か関係がある、と？」

「わからん」

麻野も馬鹿ではない。そのぐらいしか口を滑らせなかったというわけか。

どこからどう読むのかがよくわからない書類。〈死者との会話〉に関係があるのかないのか。不狼煙は想像する。その紙に書かれた文字とは、普通の人には読めない呪文であり、経太郎はそれを口にすることで冥界との交信を実現したというのだろうか?

彗山はべつのことをいいだす。

「でも麻野とは関係ないけど、念のために実験したいことがあるんだ」

「はい、なんです?」

「とりあえず、電話じゃないことを確認しようと思って」

「電話?」

彗山は顎に手を当てて、

「あの距離で受話口の向こうの声が録音されるかされないかを知りたいんだ。十中八九、録音されるとは思うんだけど」

「待ってください。なんの話ですか?」

「おい頼むよ、話についてきてくれよ。お前、無能なのか」

軽い調子で彗山はそういう。いかにも、警察の就職面接試験で落とされるだけのことはある。しかし不狼煙は慣れている。

「だから、なんの話なんですか?」

「死者言葉の話に決まっているだろ? 〈死者言葉の真相は、経太郎さんが電話で話をしていたというものだった〉という仮説を潰しておきたいんだよ」

「ああ」

「経太郎さんは電話で話をしていた。だから、経太郎さんの言葉だけが録音されていて、話し相手の声は録音されていなかった。こういう説を潰しておきたい。なんだ、お前の頭にはこんな単純な説もよぎっていなかったのか？」

よぎっていなかった。だがたしかに、このぐらいはさっさと思いついておくべきだった。

電車でよく遭遇するワンシーンだ。若者が携帯電話を耳に当てて〈ごめん、寝坊した。いま電車乗ったとこ。すぐ着くから。ごめん。…………。ええ、マジで？〉などとしゃべる。ほかの乗客には電話向こうの人物の声は聞こえない。何が一体〈マジで？〉なのか、わからない。電車の車内のマナーとして会話はＯＫであるにもかかわらず〈通話はご遠慮ください〉と告知されているのは、会話が片方しか聞こえないというアンバランスさが人間の脳に異常なストレスを与えるという説を以前聞いたことがある。

「でも彗山さんの見立てだと、電話ではない、と」

「うん。以前、たまたまターゲットが通話しているのを傍から盗聴したことがあるんだけど、受話口の向こうの声もばっちり録音されていた。しかも、あのときの盗聴器の位置は今回の位置よりもターゲットから離れていたんだ。今回はあのときより条件がいいんだから、受話口の向こうが聞こえないってことはないと思う。けど、実験しておこう」

「もしも電話が死者言葉の正体だとしたら、通話記録でわかるのではありませんか？」

「私たちに警察並みの捜査権限があるならね。ただ、携帯電話がもう一つ存在していて、そっちのほうを誰かが車内から持ち去ったかもしれない。どのみち、通話記録だけで電話説を棄却するのは心もとないな」

車のカギは開いていたという。何者かが第二の電話を持ち去ることはできる。

「なるほど……。それで、実験というのは具体的にどうやるんです？」

「私が座っているこの椅子を経太郎さんの運転席だとみなして、盗聴器をセットする。実験の目的上、条件は厳しめに設定したい。つまり私の耳と盗聴器との距離は、昨夜よりも少し大きめに取っておく。そのあと、不狼煙が電話をかけて私が電話に出る。どう？」

「私はどこから電話をかけるんです？」

「興信所の外から」

興信所は小さい。DKの外から電話するだけだと、うっかり壁ごしに直接声が入るかもしれないと考えたようだ。

二人は椅子との位置関係に注意しつつ盗聴器をセット。経太郎の盗聴データはすでにパソコンに移してあるから、録音データを上書きしてしまうことにはならない。

不狼煙は興信所の外に出た。ドアの外でも充分だとは思うが、せっかくなので階段を下りてアパートの外に。

夏の夜特有のじめりとした空気。

傍の自動販売機の明かりに照らされ、ふらふらと飛ぶ蛾《が》が見えた。

ポケットから電話を取り出し、彗山の番号に向けて発信する。すぐに繋がった。

「もしもし、彗山さん？」

実験の目的を思うに、小声でしゃべったほうがいいかもしれない。

受話口から彗山の声がする。

「聞こえるよ、そのまま何か話してくれよ」

「いきなりそんなことをいわれても。なんの話を……」

「じゃ、山手線《やまのてせん》ゲーム！」

ついていけないなあ。

でもついていこうとする不狼煙。

「いいですよ、お題は？」

「イギリス映画のタイトル、でどう？　私からスタートね。ちゃっ、ちゃっ、『バルカン超特急』」

「ヒッチコックの？　私、判定できないんですけど、『バルカン超特急』って本当にイギリス時代のヒッチコックなんですか？」

不狼煙が質問を挟むことで、〈ちゃっ、ちゃっ〉という音頭は早々と時間制限としての効力を失った。

「うん、イギリス時代だよ。私も正確な渡米の年は知らないけど、これはイギリス」

「なんか、審判が欲しいですね」

「わかった。ややこしいから、ヒッチコックはもうやめるよ」

「そうしましょうか……」

といったあと、不狼煙は彗山のリズムを真似《まね》して、

「……ちゃっ、ちゃっ、『ハムレット』。ローレンス・オリヴィエです」

「ちゃっ、ちゃっ、『ロミオとジュリエット』。レナート・カステラーニ」

すぐにターンが戻ってきた。『ハムレット』も『ロミオとジュリエット』もベネチア国際映画祭で最高の評価を得た作品。不狼煙は気づいてしまった。これ、シェイクスピアを挙げとけばいいんじゃないの？

「ちゃっ、ちゃっ、『マクベス』」

どこかの誰かが撮っているでしょ、たぶん。

「どの『マクベス』？　監督は？」

「えっ、監督の名前も必要？」

「やっぱりそうだな、お前、なんでもかんでもシェイクスピアを挙げとけばいいって思ったろ。べつに監督名をいえなくてもいいけど、当てずっぽうでシェイクスピア列挙だと、

趣旨が変わっちゃう。シェイクスピア古今東西になっちゃう」

「はいはい……」

「以下、シェイクスピア禁止」

探せばきちんと監督名をいえるシェイクスピア関連作品はあったと思うが、仕方ない。彗山も自主的にヒッチコック禁止にしたことだし。不狼煙は記憶の森にて、べつの方向に足を踏みだす。とりあえず、有名なものを一つ見つけた。

「ちゃっ、ちゃっ、『チップス先生さようなら』」

「そうそう。そういうのが欲しい。ちゃっ、ちゃっ、『ヘル・レイザー』」

「あれもイギリスでしたっけ？」

「うん。ジェイソンやフレディはアメリカだけど、ヘル・レイザーはイギリス」

「ははあ。なんか、わかるような気がします」

といいながら、不狼煙は記憶の森をしっちゃかめっちゃかに走りまわる。イギリス映画というお題のチョイスがクセモノだ。同じヨーロッパでもフランスやイタリアならもっとすらすらとタイトルを出せるのに。シェイクスピア作戦のような攻略法が欲しい。イギリスといえば、イギリスといえば……、あっ。

「ちゃっ、ちゃっ、コナン・ドイル原作の無声映画『ロスト・ワールド』。『キングコング』の特撮担当が『キングコング』より前に特撮を担当した作品！」

「ウィリス・オブライエンのことだね。はい、ブー。あれはアメリカ」

「そういや『キングコング』、もろにアメリカですもんね……」

冷静になれば推測できることだった。

「ちなみにコナン・ドイルはもちろんイギリスだけど、『シャーロック・ホームズの冒険』もアメリカだから」

「それは知ってます。ビリー・ワイルダーでしょう？　だから敢《あ》えてホームズを避けて『ロスト・ワールド』にしたんです……。あの、負けたので、もう戻っていいですか？」

返事もなく、電話がぷつんと切れた。戻る不狼煙。

4

「お帰り」

DKで彗山がいう。椅子から立ちあがりもしていないようだ。さっきと姿勢がまったく変わっていない。不狼煙はにやりと笑って、

「リベンジさせてください」

「ええー、まだやんの？」

「ちゃっ、ちゃっ、『007　ドクター・ノオ』」

「……。なるほどね、〈007〉シリーズのローラーか。だいぶ稼げるな」

「イギリスだけじゃなくてアメリカとかもかかわっていたと思いますけど、いくらなんでも〈007〉シリーズをイギリス映画扱いしないわけにはいかないでしょう？」

「まあな。あと、いま思いついたけど、クリスティ原作でも何作か出せるな」

「ああ、『オリエント急行殺人事件』とか」

クリスティに詳しくない不狼煙もそのぐらいは知っていた。

「『ナイル殺人事件』とか『地中海殺人事件』とか」

「えっと、『情婦』とか……」

名前だけ聞いたことがあるが、不狼煙はあまりよく知らない。

彗山は鼻に皺を寄せて、はあ、と呆れた声を出す。ただのゲームなのに部下のミスに対して本気で苛立《いらだ》っているようだ。じつに彗山らしい。

「あのなあ、『情婦』はビリー・ワイルダーじゃん。ビリー・ワイルダーの『シャーロック・ホームズの冒険』はアメリカだからアウトだな、っていう話をしたばかりだろう？阿呆《あほう》なのか？」

『情婦』もビリー・ワイルダーだったのか。不狼煙、一つ賢くなる。

不狼煙はけらけらと笑ったあと、

「阿呆ですね！」

「まったくだよ！　はいはい、山手線ゲームはおしまい。実験、実験。実験の結果はどうなったかね？」

ＤＫからリビングに移動する彗山と不狼煙。

不狼煙は盗聴器をいつものアダプタでパソコンに接続する。

「チビスケ、私の声、聞こえた？」

なんて話しかけながら操作しはじめる。

すぐに結果が出た。

盗聴器は不狼煙の声もばっちりと拾っていた。べつに彗山が電話をスピーカーフォンに切り替えたわけではない。受話口と盗聴器のマイクを不自然に近づけたわけでもない。経太郎の死の状況よりも条件は悪いはずだ。にもかかわらず、盗聴器には彗山と不狼煙の山手線ゲームがしっかりと録音されていた。

すなわち〈経太郎が誰かと電話をしていたために、あたかも死者と会話をしているふうに聞こえた〉という仮説は棄却された。

「とすると、本当に菱子の霊なんでしょうか」

「ああ、そうだろうなあ」

と、彗山がまたそんなことをいう。

「またまた。でも菱子の霊だとすると——彼女、よほどこの世に未練があるんでしょうか」

「三十年くらい経っているのにな」

不狼煙はふと思って、

「そういえば、そういうセンも詰めたいですよね」

「そういうセンとは？」

「菱子の念とかですよ。つまり菱子の自殺した理由などです。彗山さん、わかります？」

「ああ……。いや、私にゃ皆目見当がつかん。自殺するやつの気持ちなんてわかりたくてもわからんよ」

「自殺と聞いて、私がすぐ連想しちゃうのはいじめ問題なんですけど」

「いじめ問題、ね。ふん」

「いじめられていて、つらくなって……かな、と」

写真で見た菱子の姿を思いだす。あのあと、高校で友人はできただろうか？　中学からの友人は周りにいただろうか？

彗山は鼻を鳴らした。

「連想してしまう気持ちはわかるが、あまりパターン化して考えないほうがいいかもな。

仮にいじめと表現できる問題が背景にあったとしても、いじめという言葉で単純化させるのもどうかと思うし。自殺という一大決心をした人間が〈あなたが自殺した理由はなんですか？　次の項目から選んでください〉なんていうマーク式の回答で満足するとは思えない。白紙いっぱいの論述式じゃないとね」

「自殺という結果は共有できても、その心理は共有しがたいものなのかもしれませんね」

「あと、ひとことでいじめといっても、いじめられるほうにそれだけの理由がある場合だってあるんじゃないか？　その辺も含めて複雑だよ」

不狼煙は何もいえなくなってしまった。

彗山は、ふう、と息をついて、

「今日はもういいよ。死者言葉の調査、ほかに当てを見つけたら明日教えてくれ。私も考えとくからね」

「わかりました。それでは」

不狼煙は帰ろうとハンドバッグを手に取る。

が、彗山の様子に違和感を覚えた。彗山は電源のついていないテレビをじっと見つめている。

「どうしました？　正面をじっと睨《にら》んでいましたけど、いじめの可能性のことですか？」

「ああ……、いや違う」

「でも――」

　これはたぶん。

「――何か思いついたんじゃありませんか？」

　不狼煙が問う。

　彗山は認めた。

「まあね……、菱子の自殺のことじゃないけどさ。死者言葉のこと。さっきの山手線ゲームから連想して、思うところがある」

　さっきの山手線ゲームから連想して？

「教えてくださいよ」

　死者言葉について連想できるようなもの、何かあったか？

　まさか『ヘル・レイザー』？　『ヘル・レイザー』とは、異世界から嗜虐《しぎゃく》被虐嗜好《しこう》のトンデモ魔法使いが召喚され、人々を恐怖させる映画だ。痛々しいシーンの多い作品だが、顔じゅうに釘《くぎ》をびっしりと刺しているという魔法使いの外見からしてまず尋常ではなく痛々しい。

『ヘル・レイザー』において、異世界から魔法使いを召喚する方法はパズルを解くことである。菱子の魂を召喚する方法も、何かパズルを完成させることなのだろうか？　現場に残されていた例のプライベートな書類というものがそのパズルに代わるものなのか？　聞いてから帰らないと。不狼煙はハンドバッグをテーブルの上に置き、椅子に腰かけなおす。

「麻野のいっていたプライベートの書類についての仮説なんだが……」

「『ヘル・レイザー』のパズルの代わり？」

ところでさっきの山手線ゲームでは『ヘルレイザー2』『ヘルレイザー3』など、〈ヘルレイザー〉シリーズのローラー作戦に気づくべきだった。

「は？　いや違うよ……。つうか、私もこの仮説に自信はないよ。でもさもしかしたら、その書類って、台本だったんじゃないか？」

「台本？」

不狼煙にはぴんとこない。

「英語でスクリプトっていわれている——あの台本さ。で、経太郎さんは特定のキャストのセリフだけを読んでいた。それがあたかも死者言葉として私たちの盗聴器に録音されていたんじゃないだろうか？」

そうだったのか、と不狼煙は思う。

「台本ならば〈どこからどう読むのか、よくわからなかった〉と人にいわれるほど特殊な様式であると、ぎりぎりいえると思うんだ。さっき山手線ゲームで映画の話をしただろう？　ついでに映画の台本をイメージしたとき、あ、これじゃないか、って思ったんだよ」

「そういう連想だったんですね」

「台本じゃなくて小説なら、文字が一列に並んでいるだけだ。いや変態的な例外小説があるのは知ってる。そういうのはあくまでも例外としてね。でも台本というのは小説と違って段組になっていて、一列的ではないんだよ。わかるよね？」

「わかります。でも二段になっているだけで、そんなに〈どこからどう読むのか、よくわからなかった〉となりますかね、台本って」

「麻野が口にした〈どこからどう読むのか、よくわからなかった〉という言葉に必要以上にひっぱられる必要はない。たぶん、深い意味はないんだ。本気でちんぷんかんぷんであったわけではなく、あんまり詳しくないからうっかりおかしな読みかたをしてしまうかもしれない、ぐらいのね——、その程度の意味に聞こえたんだよ、私は」

「それって、たとえば、何年ぶりかにボーリングに行った人がボーリング場で口にする〈ボールの投げかたがよくわからない〉の〈よくわからない〉？」

「それ！　はじめて乾杯の音頭を任された人が口にする〈何をしゃべればいいのかがよくわからないんですけど、僭越《せんえつ》ながら……〉の〈よくわからない〉」

「本気でわからないわけではないんですね、自嘲が入っているだけで。たしかに私もいきなり台本を読めといわれたら〈これってどう読むんでしたっけ?〉のひとことぐらい、つい漏れてしまうかもしれません」

「私もだよ。あと、〈トなんとかだっけ? よく知らない〉はもちろん〈ト書き〉のことだな」

「ト書き!」

すっきりした。

「これもぜんぜん知らないわけではなくて〈ああいうのをたしかト書きっていうんだよな〉ぐらいの意味だ。ト書きという言葉は日常でまず使わないからね。ト書きといいきってしまうと万が一間違っていたときに恥ずかしいし、何より麻野にとっては、わざわざいきってまで広げたい話題でもなかったんだ。

ほかの例を出すと〈漢文で上下の字を逆の順番に読めという指示の記号は、レなんとかだっけ? よく知らない〉。こんな感じ。きちんと知っていても急に話題になって、ついこんなふうにいってしまう。ありそうじゃないか?」

「ありそうです。〈スキージャンプでいくらかの距離の目印に使われているのは、Kなんとかだっけ? よく知らない〉」

「そうそう」

答えはレ点、K点。

「あとは〈点〉だけだろとか、最後までいえよとか、そういう理屈じゃないんですよね。えっと、その仮説ではつまり——経太郎さんは台本の特定のキャストのセリフだけを声に出して読んでいた。だから私たちが聞いたような一方通行の会話になっていた。盗聴器に録音された言葉が一字一句違わずその台本に書かれてあった。こういうことですか？」

「そうだ」

「ですけど、リョウコという名前が出ていましたよ。あれはなんです？」

「偶然じゃないか？　台本の中に、たまたまリョウコという登場人物がいた」

偶然。そういうのもありか。しかしそれはそうだ。リョウコという名前ならそれほど珍しい名前とはいえない。

しかしながら、やはり気になる。

「経太郎さんは菱子さんの墓地の傍で亡くなったんですよ。それも偶然ですか？」

「リョウコという登場人物が出る台本を読み、妹の菱子のことを思いだしたのかも。それで墓地の傍に寄ってみようという気になったのでは？」

視界がさあっと開けるような感覚。

見える。オカルトではない、現実的な光景が目に浮かぶ。夜の車内で一人台本を読んでいる経太郎の姿。

しかしまだはっきり見えないものもある。不狼煙は詳細を求めて、

「でも、なんで経太郎さんが台本なんかを持っていたんです？　台本ってなんの台本ですか？　映画？　劇？　それに、どうして特定のキャストのセリフだけを読んでいたのでしょうか？」

「経太郎さんが趣味でどこかの劇団に入ろうとしていたとは考えられないだろうか？」

「ええっ？　初耳ですけど……」

「しかしミュージックバーのことだって、望美さんにしたら初耳。意外な裏の顔だろう？　経太郎さんは芸術方面に関心がありそうだから、何かの拍子に舞台に強い関心を持ってもおかしくないよ」

不狼煙は大いに納得した。

はじめ望美から素行調査の話を持ちかけられたとき、こういっては悪いが、経太郎にはよくも悪くも無趣味な〈会社の歯車〉さんというイメージを抱いていた。無趣味だからこそ女性関係の夜遊びでしか、歯車従業員としての日々の漠々さに刺激を与えることができなかった、そこも含めて歯車的だ、と。

けれども千頭からミュージックバー通いという経太郎の顔を教えてもらったいまとなっては、どこかの劇団の打ち上げにひょっこり顔を出していても違和感を覚えない。そうした場で話が弾み、〈劇団に入ってみようかな〉と経太郎が検討するのはそれほどおかしい

話であろうか。あるいは、入団検討ではなく、ただ単に興味本位で台本を使ってセリフ稽古のシミュレーションをしたのかもしれなかった。

そしてその様子が私たちの盗聴器に録音された。

ある。ありえる！

「ということは、問題のセリフが含まれた劇を探せば、経太郎が興味を持っていた劇団がわかるというわけですね」

「うん。リョウコという名前の登場人物が出る劇を探す、というアプローチがある。それにここまでわかっていれば話はべつだ。明日麻野をつつけば、もう少し情報をひきだせるかもしれない」

すっきりした不狼煙は腰をあげる。

これでお開き。彗山も不狼煙といっしょに興信所をあとにする。

ベランダの〈反省〉——もとい洗いたてのクッションはまだ乾いていなかったので夜通し干しておくことにした。

帰宅した不狼煙。シャワーを浴びていると、電話が鳴った。シャワーを終えて、着信記録を見ると母親からだった。不狼煙はおりかえす。

「今日、お米送っといたからね」

と、電話口の向こうで母がいう。

「えー、いいのに」

米や野菜を送ってくれるのは今回に限った話ではなかった。本当、高校のときのバトルが嘘だったかのようだ。べつに食べるものには困っていないのだが、厚意はありがたい。

「仕事、どう？　うまくやってる？　いじめられたりしてない？」

同じようなことは前にも訊かれた。しかし社交辞令ではなく、本当にずっと心配しているようであった。

不狼煙は連想する。

いじめ——

——菱子。

死者言葉の真相が台本の音読だったとしても、菱子の自殺がなかったというわけでない。不狼煙が真っ先に想像したように、菱子の自殺の背後にはいじめがあったのだろうか？

「大丈夫、私はいじめられていないから。私はね」

力強く答える不狼煙。

「職場で無視されたり、一人だけ汚い仕事をわりふられたり、ミスしただけなのに人格否定されたりとか……」

「大丈夫、大丈夫だって。万が一、私がそんなことになっても、自力でなんとか解決できるし」

「そう？　そうね、あんたは我が強いものね」

不狼煙は、ふと気になって、

「ねえ、お母さん。呼塩にさ、死んだ人と言葉を交わすことにかんする、何かいい伝えとか伝統行事とか、ない？」

「死んだ人と言葉を交わす？　イタコとか降霊会とか？」

「そういうのも含めて」

「とくに思いだせないけど。それが何か？」

「ううん。今日、ちょっと、上司とそんな雑談をしていたの」

母はふうんといった。こんな調子でしばらく雑談。

電話を終えたあと、ベッドに横になる不狼煙。天井を見ながら、菱子のことを思う。もし菱子がいじめられていたのだとしたら、何が原因だったのだろうか。いやいじめなんてものは、とくに原因もなく火のつくものなのかもしれない。まあ待て。そもそも菱子がいじめられていたかどうか、何もわかっていない。

そういうことを考えているうち、眠りに落ちる不狼煙。

翌日金曜。

興信所にて、彗山が不狼煙にいう。

「違った」

5

今朝は興信所に出てみると、彗山がやたらぷりぷりとしていた。コーヒーカップが一つ割れてしまった、気に入っていたのに、など。話をひとしきり聞いたあと〈でも残念なニュースはもう一つあるんだ〉と来て、これだ。

「違った、とは？」

不狼煙は訊く。

「今朝、電話で麻野と話したんだ。台本じゃなかったみたい」

「あっ、あのことですか」

プライベートな書類に関する話だと、ようやくわかった。

不狼煙は本腰を入れて、

「どうして台本じゃないってわかったんですか？」

「麻野に鎌をかける目的で〈台本〉という単語を出したんだが、笑われたよ。私にはわかる、ありゃ違う。あの麻野が笑うぐらいだ。よほど的外れだったんだ」

しおらしくいう彗山。

「それで麻野さんは……」

「むろん、私にますます敵意を募らせた」

不狼煙の胸、不安でいっぱいになる。

「本当はどんな書類だったかというのは……」

「教えてもらえたわけないだろう」

プライベートな書類について、不狼煙のイメージがふたたび変わる。

あの世と交信をするための呪術に使うエスニックな紙のイメージだったものが、昨夜の台本仮説によってただのプリントに成りさがっていた。けれども、いままたオカルトが復権されてしまった。

こっちの世界。そっちの世界。

この世。あの世。


人というものは死んでも死なないのかもしれない。

死んで無になるという考えは間違いだ。

「──あ、そうだ、あとお前に電話があったぞ」

という彗山の言葉ではっとする不狼煙。

「電話？」

彗山は不狼煙にメモを渡す。携帯電話の番号とチガミという名が彗山の字で書かれていた。不狼煙が電話をかけると、しばらくして繋がった。

「不狼煙です」

「失礼ですが、保険調査員のかたでしょうか？」

からかうような口ぶりが感じられた。

「探偵の不狼煙です。先ほどお電話をもらったようですが、まだ出勤できていなくてすみません。いまはお時間よろしかったですか」

「大丈夫です、こちらこそ早朝からすみません。昨日高本のカミさんにお悔やみを述べて家に帰ったあと、年賀状を漁って、高本の実家住所を掘りおこしたんです。お電話するお約束でしたよね？」

「あっ、ありがとうございます」

昨日の今日でもうやってくれたのか。できる男。

「いまから読みあげますので、メモの用意をしてもらえませんか」

千頭からの情報を不狼煙は手帳にしっかりと書き取る。それは北商店街からさらに西に行った住所であった。

もう一度、お礼をいう。

「どういたしまして。――一段落したあとには、話せる範囲でかまいませんから、高本のこと、高本の妹のことなど、お話を聞かせてくださいね。昨夜もいいましたけど、ぼくは毎週木曜には『SEED』にいるんで。じゃあ、それでは」

電話が切れた。

千頭のモチベーションは彼の心の中にいる経太郎との対話にあるのだと、不狼煙はあらためて思う。不狼煙と経太郎の話をすることが、間接的な経太郎との対話になる。昨夜望美にお悔やみを述べにいったのも、単なる礼儀のほか、望美から経太郎の話を聞きたいというモチベーションがあったのかもしれない。

経太郎の実家の住所が手に入りました、不狼煙は彗山にそう告げる。昨夜すでに千頭のことは話してある。実家の住所を教えてくれるかもしれないという手筈のこともそのときに話してあった。

彗山は、おお、とうれしそうに声をあげて、

「どこ?」

「ここです」

メモを見せる。

「県内か。遠くはないな。——早速今日行ってみるか？」

「はい、覗いてみましょう。菱子のこと、何かわかるかもしれません」

「よし」

「台本仮説に代わる仮説、作らないとですね」

「そうだ、お前のいう通りだ」

麻野には笑われてしまったが、あらたな切り口ができた。彗山は昨日以上にはりきっているようだ。

6

経太郎生家の一室にて。

「子供が二人とも先に逝くのはね、さすがにねえ、つらいね」

塩昆布を一口嚙《か》み、経太郎父の広重《ひろしげ》がぼそりという。隣では経太郎母の一花《いちか》がしょんぼりとしている。

彗山と不狼煙は経太郎両親と対面している。珍しく正座をしながら。

日焼けした畳。端のほうは破れている。薄い座布団。ちゃぶ台の上にはコップが四つと、塩昆布がちょこんと四皿。コップ三つにはビール。はじめは不狼煙もビールを勧められたのだが、運転があるからといってそれを断ったのであった。仕事中の保険調査員を装う気があるなら彗山も断れよと思った。不狼煙の前だけ緑茶。

障子つきのガラス窓の向こうには水平線が見える。海。

部屋は左右の部屋と襖《ふすま》で仕切られている。襖が開いたときにちらりと見えたが、左の部屋は台所のようだ。一花はここから塩昆布とビールを持ってきた。座布団を用意したときには右の襖が一瞬だけ開かれた。そこはリビングのようであり、座布団はそこの一角に積まれていたのである。

リビングの中には座布団のほか、テレビ、書棚、ピアノなどが見えた。テレビは古い型。書棚の中のラインナップまでは見えなかった。ピアノは長年使われていないようだった。菱子か経太郎が子供のころに弾いていたのだろうか。そんなピアノもいまや書棚のようにして使われているようだった。

意外といえば意外なことに、不狼煙たちの訪問がご両親から疎んじられた様子はない。

経太郎生家を見つけるのは難しくなかった。大きな本屋のある角を左に曲がると、道沿いに〈高本広重　一花〉という表札があった。

アポなし訪問。二人は保険調査員名義の名刺を使ってご両親に挨拶した。するとご両親は訊いてもいない自身の名前や仕事を教えてくれたばかりではなく、不狼煙たちを家の中に招きいれたのであった。わざわざビールまで出してくれた。

経太郎父の広重は七十を過ぎたいまでも、妻の一花を従業員とする小さな製塩業を経営しているそうだ。これは広重と一花が息子夫婦の家で暮らしていないことの理由でもあった。というのも場所を食う大きな装置が必要であるうえ、近くに浜辺があることが業務上好都合であるからだ。お得意様とのつきあいもあると、広重は不狼煙たちにそう語った。経太郎生家のあたりには広重同様に個人製塩を営む人が多い。呼塩市が名に塩の字を含むのはこの界隈《かいわい》の伝統産業が関係しているのだろうと不狼煙は思っている。

広重という名は浮世絵画家を連想させるが、経太郎父はあまり芸術家っぽい見た目ではなく、腕も足腰もがっしりとした筋肉質の老人。といっても浮世絵画家の広重がどんな体格なのか、不狼煙は知らないけれども。一花は小柄で、目がぎょろりとしている女性だ。鼻の形が経太郎とそっくりだと思った。

広重はビールをひとくち飲み、

「お二人、お子さんは？」

自称保険調査員たちに訊く。

間髪を入れず彗山が答える。

「独身ですので」

不狼煙は、私もです、と添えた。

広重は唸って、

「そうか。でもわかるかね、普通は、子供は親より後に死ぬものだからね」

何をいっても軽々しく不謹慎な発言になりそうで、不狼煙は言葉に詰まった。

彗山は厳かな口ぶりで、

「お悔やみもうしあげます」

という。UNOにおけるワイルドカードや七並べにおけるジョーカーのようなはたらきをその言葉に期待する節が感じられた。

「お二人は一休さんを知っているかね」

広重は急に変なことをいう。

一花が笑みを浮かべる。

「あなた、またその話ね」

同じ話を何度もする老人特有の淀《よど》みなさを見せながら、広重がいう。

「一休さんって、屏風《びょうぶ》に描かれた虎を捕まえるようにいわれたあの人のことなんだが、あの人はきちんと実在したお坊さんなんだ。しかも成人後もかなりの変わり者として有名で、たとえばある年の正月にね、ある人が一休さんに紙と筆を渡して〈正月ですから、正月らしく何かめでたい言葉を書いてください〉とお願いしたんだ。一休さんはなんという言葉を書いたと思う？

一休さんは、父死ぬ、子死ぬ、孫死ぬ、と並べて〈父死子死孫死〉という六文字を書いたんだ。家の人はびっくりして〈なんでこんな縁起でもないことを書いたんだ〉と一休さんを責めた。でも一休さんは堂々とこういったんだよ、〈まず父が死ぬ、そのあとに子が死ぬ、さらにそのあとに孫が死ぬ。この順番が逆なら縁起でもないが、順番通りに死ぬというのはめでたいことなのであるよ〉とね……」

そういって広重がはっはっはと笑った。

笑えない不狼煙。

一花が追い打ちをかけて、

「私たちはちっともめでたくありませんね」

広重はビールを喉に流しこんだあと、口周りの泡を袖で拭う。手酌しながら、

「そうだよ、まったく」

一花が不狼煙の目を見て、

「それで、お二人は何を訊きにいらしたんでしたっけ？　保険というのは数字やら規約やらずらずらと並んでいて、私にはよくわからないのですけれども」

不狼煙は彗山と目配せする。

保険調査員というカードをどう使えばプライベートにガサを入れられるだろうかと不安を感じていた不狼煙だが、いまとなっては安心を感じている。広重側がすでにかなり打ち解けた会話を期待しているように見えるからだ。

彗山がいう。

「契約にもとづき、経太郎様の生前の健康状態を確認させていただきたいと思います」

「健康状態、とおっしゃるのは？」

一花が訊く。

彗山はバッグからクリップボードを取りだす。用紙の記入欄にペン先を当てているかのような動きをしながら、

「まずは手術です。経太郎様は何か大きな手術をされたことがありますか？　小さいころも含めてです」

不狼煙が横から覗くと、クリップボードの上の紙は見事にただの白紙であった。記入欄などない。弁慶の勧進帳。

「契約時に確認していらっしゃらないのですか？」

と、一花がもっともなことを訊く。彗山は特殊なプランだのああだのこうだのと言葉を並べた。一花は、よくわかりませんが、といったあと、

「はあ、まあ、とにかく手術のことですね？　経太郎はしたことがありませんよ。別居し

てから私どもの知らないうちに手術したなら知りませんが。ですよね、あなた？」

一花が広重に訊く。広重は頷く。

彗山は追って訊く。

「たいへん失礼なことを申しあげるようですが、経太郎様の妹様がすでにお亡くなりになっているとうかがっております。それは、何か健康上の理由で？」

いやそこダイレクトに訊くんだな。大丈夫？

不狼煙は緊張を顔に出さないよう努める。

広重はあっさりと、

「菱子は自殺だよ」

「それは闘病の末などの理由が？」

踏みこむなあ。

広重はたんたんと、

「いや、そういう自殺ではない」

隣で一花が、ええ、そうですね、と表情一つ変えずにいう。

「では一体なぜ？」

彗山は訊く。不狼煙はもはや、彗山に遠慮という精神を期待しない。

一花は広重の顔をちらりと見た。

広重は少しわからないことをいう。

「菱子は〈私は死なない〉といっていた」

〈私は死なない〉――

『SEED』で聞いた刑部の言葉が耳に蘇る。

それで死霊やら怨霊やらの話になったんですね、そうしたら高本さんがいきなり〈人というものは死んでも死なないのかもしれない〉とか〈死んで無になるという考えは間違いだ〉とかいいだしたんです。

あのときも思った。――それは、霊のことでは？

経太郎は菱子の霊と会話をし、そのためにあの世に連れていかれたのでは？

不狼煙は慌てて、興信所のベランダを思いだす。ベランダに干したクッション。〈反省〉の象徴だ。不必要に菱子を恐れてどうする、と自分を元気づける。

彗山が広重に問う。

「〈死なない〉？　死にたくないのに死んでしまったという意味ですか？」

すると広重がいう。

「お前さん、本当に仕事で質問しているのか？　ずいぶんと質問攻めにしてくれるな」

不狼煙はひやりとする。

だが彗山が何も抵抗しないうちに、広重は歯を見せて笑いだす。

「いいんだ、いいんだ。個人的な興味で訊いてくれてもそれでいいんだ。こういう話もたまにはやりたいんだ。みんな気を使って話題にしないけどな、亡くした子の話をたまにはやりたいんだよ。ほかの人たちは知らんけど、ぼくはそうなんだよ」

バレたけどバレていないふりをしてくれている、といった感じ。こりゃほとんど千頭パターン。「すみません。しかし調査が進むのならいいか、と不狼煙は思う。

「すみません。ではもっと訊かせてください。私は妹さんの死にとても関心を持っています」

と、彗山がいう。私もです、と不狼煙がひとこと添えようかどうかと迷っているうち、広重は話を進める。

「で、なんだったかな、ああ、死にたくないのに死んでしまったかどうか――」

「そうです、そのことです」

彗山は離さない。広重はいう。

「菱子はべつに死にたくないのに死んでしまったわけではないと思う。けれども――その通り――ひょっとしたら死にたくないのに死んだのかもしれない。ぼくもよくわからん。そもそも、菱子はたいへんに変わった娘だったんだ」

奇妙なことに、娘のいっていることがわからないといっている広重の表情には誇らしさが感じられた。

一花が注釈する。

「哲学だか宗教だか、親にはよくわかんない本を好んで読んでいたんですよ、菱子は。それで〈私は死なない〉といいだしたんです。何かを発見したんでしょう、きっと」

「発見……」

「家族でいちばん菱子の話を理解していたのは経太郎でした。だから経太郎ならうまく説明できたと思います。私どもでは、ちょっと」

なるほど、広重が垣間見せた誇らしさとは、親でもわからないぐらい難解な思想を持っていたという解釈から来るものであったか。

この老夫婦は大なり小なり変わりものであるようだ。亡くなった娘と息子も、か？

いいだろう。変わりものは嫌いじゃない。

広重が小さく手ぶりを加えながら、

「菱子としては、自分は死なないということだったんだ。妻がいった通り、経太郎もこの考えを理解していたようだ。実際には二人とも死んだけどな。それも、親より早く」

といって、笑う。ここでも不狼煙は笑えない。

彗山は怯《ひる》まず、

「妹さんの自殺というのは、具体的には？」

「身投げだよ、海にね」

「この近くで？」

「そう、すぐそこで」

「遺書は？」

「なかった。だが、菱子はよく死の世界について話をしていた。死ぬ数日前からいいだした〈私は死なない〉という言葉が遺書のようなもんだよ。ノートもある」

「ノート？」

これには一花が説明を添えた。

「菱子が自分で自分の考えをまとめたノートです。日記とは違うんですが、本人の思いが綴《つづ》られています。〈私は死なない〉という言葉はそこにも出てきます。あと、なんでしたっけ、あなた？」

「〈驚きの結論〉がどうとか、メニーなんとかがどうとか」

「一度は目を通したんですが、私どもが無教養であるせいか、どうにもよくわからない文章の羅列で。読んでも、わかったようなわからないような気分になります。とりあえず結論としては〈私は死なない〉と菱子は思っていたということです。それだけわかれば充分かもしれないなどと私は思っとります」

と、一花はいった。

不狼煙は菱子の写真を思いだす。

あの娘の頭蓋骨の中の、はたまた脳髄の中に何が醸成されていたのだろうか？　菱子は何を考えて海に身を投じたのだろうか？　数十年をまたぎ、経太郎の死に何か関係しているのだろうか？

広重は広重で、不狼煙たちの存在に興味深そうであった。

「本当に変なことばかり訊くね。ほかに何か質問があるかい？　そっちのお嬢ちゃんはどうだ？　お前さんは見習いなのかい、はっはっは」

老夫婦と彗山。三人の視線を突然いっせいに浴びる不狼煙だった。

何か無理強いをされるような力は感じない。苦笑いをすれば広重の視線は彗山に戻されただけだったろう。けれども不狼煙の口から言葉が突いて出た。

「お二人は菱子さんが亡くなったとき、訃報をのりこえる強さを得たんですね」

質問ではなくただの感想だ。

保険調査員として口にするべき言葉ではなかった。探偵としてもだ。

静かになる和室。

耳を澄ますとどこかから蟬の鳴き声が聞こえる。夏なのだ。

自分はどうしてこの感想を口にしたのだろうか。自己分析。おそらくだが、笑えない立場だというのに笑いを一度ならず聞かされたことのストレスをこの言葉で緩和したかったのだろう。

自分の胸中をがさごそ探ってみると、べつの感覚も見つかった。予感という感覚だ。さっきの言葉が老夫婦の思いを一枚はぎ取って観察するきっかけになる予感がするのである。

彗山が苦笑いで、

「この娘、見習いでして」

広重はぼそりという。

「まあ、この人もけっこう変なことを考えているんですよ。その辺りが菱子みたい」

「強さ、ね。どうだか」

といいだしたのは、一花。

不狼煙は食いついて、

「どういうことです？」

広重は質問に質問を返す。

「お前さんがた、死後の世界っていうものをどう思う？」

娘を早く亡くした男が死後の世界についてずっと考えていることに、不狼煙は不思議を感じない。死後の世界。昨日と今日、死者言葉事件に関わってくる中で何度も頭をよぎった概念。しかし他人に主張するほどの何かがあるわけではない。

広重の胸には何かありそうだ。

彗山が身を乗りだして、

「お聞かせください」

といった。不狼煙の思いの代弁でもあった。

「もうぼくはね、死後の世界というものを信じないようにしている。自分はいつか死ぬ。そう考えることで菱子の死について必要以上に苦しむことがなくなったんだ」

「死後の世界を、信じない」

と、彗山がくりかえす。

「そうなんだ。多くの人は死後の世界を信じている。ぼくも昔は信じていた。妻はいままで信じているのかもしれない」

傍らで一花がコップを手に取り、

「私にはついていけませんよ」

といって、一口飲む。

広重の言葉が不狼煙の耳には少し奇妙に響いた。普通は逆ではないか？　故人を偲《しの》ぶ気持ちは死後の世界の肯定と相性がよさそうなもの。あの人は死んでしまったが死後の世界で元気に生きている――、この逆説的な一文の中に人は安寧を感じるのではないのだろうか。しかし広重はかえって死後の世界を信じなくなったという。

不狼煙は自身の言葉で切りこむ。

「広重さんは死後の世界を信じていないんですか？」

「そうだ。お前さんは信じているかい？」

不狼煙は考える。自分は死後の世界を信じているかどうか。

データを聞いていると、なぜか、不安な思いになる。

あの世なんてないとわかっているのに。

――いや、本当にあの世はないのか？

不狼煙は死後の世界を信じていない。が、ときどき信じてしまうような気もする。よくわからない。ただし少なくとも、死後の世界が宇宙のどこにあるのか、研究熱心な科学者たちが死後の世界の存在を証明できないのはなぜか、これらの問いに答えられない。この意味で、という前置きを内心でつぶやいたあと、

「私も、死後の世界を信じていません」

不狼煙は答えた。

するとと傍らで彗山が、

「私もです」

訊かれていないのに主張した。不狼煙は彗山の顔を見る。彗山の目は変に輝いていた。この超日常的な話題を楽しんでいるのは明らかだった。

広重は真顔でいう。

「本当かい？　お前さんたちは本当は死後の世界を信じていやしないか？　ぼくは昔、自分は死後の世界を信じていないと思っていたが、いまではそのこと自体錯覚であったと考えている。つまりじつのところ、ぼくは長年死後の世界を信じてしまっていた。死後の世界を信じないことは難しいことなんだ」

「死後の世界を信じていると信じていないの違いは本人の考えとはべつにあるということですね。では、その違いはどこにあるんですか？」

「お前さんはいまから家に帰って首を吊《つ》ろうとしているかい？」

広重は物騒なことをいう。

不狼煙はびくりとして、

「いえ、そんなことはありません」

「なぜ？」

「〈なぜ〉？〈なぜ〉といわれても……」

「首を吊れば死ぬことになる。それを今日やらないのはどうしてなのか、理由を訊いてみたくてねえ」

目には熱心な輝きがある。

「理由も何も……。どうして今日首を吊らないのかと訊かれても。まだ死にたくないからとしか……」

「〈まだ〉。重要な言葉だと思う。いつかは死ぬけど、まだ死にたくはない。こういうことなんだね、お嬢ちゃん」

「そういうことです。これでも、まだやりたいことがいろいろとあるので」

「死ねばすべてが無になる」

「はい、だからそれまでのあいだに……」

「何かをやったという過去も無になる」

「過去も……？」

「そう。過去も無になるんだよ、そうだろ？」

不狼煙は広重から目を逸《そ》らした。彗山も一花も広重の顔を見ていた。一花の目には、何度も見たテレビコマーシャルを見るときのような穏やかさがあった。彗山は楽しそうだ。

不狼煙は視線を広重に戻して、

「過去も、無になるんでしょうか？」

ここに広重が数十年かけて築いた何かがありそうだ。キヅイタナニカ。気づいた何か、といってもいいのだろうか。

しかし広重は逆に不狼煙に求める。

「何か考えがありそうだね、聞かせてくれ」

不狼煙は考えを頭の中でちょっとだけまとめて、

「業績、というものがあります」

「業績、かあ」

「そうです。たとえば、映画監督は映画を残します。女優や男優は映画の中に生き続けます。本人が死んでも業績は残るのではありませんか？」

むろん映画人だけの話ではない。著名人だけの話でもない。人は一人では生きていない。だから死ぬときには周囲の人たちに思い出を残す。普通これは業績と呼ばれないけれども、本質的には映画人のフィルモグラフィーと同じだ。

しかし、広重は断固とした口調でいう。

「それは、お嬢ちゃん、お前さんの世界の話だろ？」

「私の、世界……？」

「左様。死者自身から見た世界の話ではない」

「どういう意味です？」

「お嬢ちゃん自身から見た世界は、お嬢ちゃんが死者になったとき、無になる。どう？」

「そうですね、私もそう思います。だからこそ死後の世界はないんです。しかし世界が消えるわけではないです」

「どうして？」

どうして、だって。

不狼煙は彗山の顔を見る。

彗山はなおも楽しそう。

広重に向きなおる不狼煙。ひとことひとことに力を入れて、

「あなたは、あなたが死んだときにこの世界が消えると、お考えなんですか？」

「そう考えざるをえないじゃないか。お嬢ちゃんが死んだとき、世界は消えるんだよ？」

「私は世界の中心ではありませんよ」

「いや、お嬢ちゃん自身の世界の中心はお嬢ちゃん、お前さんだ。お前さんにはじまり、お前さんに終わる。終わったあとには何も残らん。ぼくはそう考えるようになってしまった。しかもそれが正解だと思われてならん」

不狼煙の心には響かない。

「私が死んだからといって世界は無にならないと思いますよ。〈私が死んだあとの世界〉

は必ず存在します、論理的に考えて」

「論理的にねえ。ぼくのような学のない男だからこそいえることかもしれんが——論理的に考えるという言葉は、もっと注意深く使ったほうがいいんじゃないかい？　論理的であるかどうかなど、ぼくら人間ごときに見極めのつくものなのかね。お前さんが死んだあと、お前さんは世界の何を知るというのか、世界に対して何ができるというのか？」

「何も知れないし、何もできませんよ、幽霊にでもならない限り。でもだからといって、世界が消えるわけでは……」

「知ることもできない、はたらきかけることもできない。そんなものを存在と呼べるのか？　お前さんは死を無の世界と考えているようだが、きちんと想像できているか？　何も見えない、何も聞こえない、真っ暗な闇なんかを想像して満足していないかね——」

これにはぎくりとさせられた。たしかに、私の考える無とは闇であった。

広重は解説を重ねる。

「——真っ暗な闇においても人は〈前には明るい世界があった〉〈あのころは楽しかった〉〈あのころはつらかった〉などという思い出をふりかえることができる。無の世界ではそれもできん。真っ暗な闇には〈真っ暗だ〉という感覚がある。無の世界にはその感覚すらない。

ただの真っ暗な世界ではない、思い出も感覚もない真っ暗な世界。そんな世界においてさえ人には〈ここには思い出も感覚もないんだなあ〉という思考があるかもしれん。しかし無の世界にはそんな思考もない。何もない。過去も未来も含め、すべてが消える。はじめから生まれてこなかったのと、何も変わらん。それこそが無の世界、本当の無の世界だ」

広重はいったん口を閉ざした。

不狼煙は、開いた口が塞がらない。

傍らで彗山がひとこと、

「ご慧眼《けいがん》」

とだけ述べた。

間を措《お》いて、広重はまたもや口を開く。

「すなわち、お前さんが死んだとき、世界は消える。〈お前さんにとっての世界〉が消えるか、〈客観的な世界〉が消えるか、その差なんてないんだよ。なぜなら、無の世界には何もないために、そのような差さえないからだ。お前さんが人生でなしたこと、得たもの、周りに与えたもの、あらゆるものすべては死ぬときに消える。世界ごと消えるのだ。一切合財消えるのだよ。

長生きしたところで長生きしたという過去は消える。楽しいこと、うれしいこと、幸せなこと、人に感謝されるようなこと、そのようなものもなかったのと同じだ。単に思い出せないだけではないよ。存在自体が消えるのだよ。なぜならそれらが存在することと存在しないことの差、これもまた無になるからだよ。

生まれてきた人。

生まれてこなかった人。

この差さえ無になるのだよ。

今日首を吊った場合、十年後に吊った場合、吊らないまま天寿をまっとうした場合、その差なんて完全に無に決まっている。

しかし多くの生者は勘違いをしておる。自分が死んだあとに〈自分のいない世界〉が残ると勘違いしておる。そのうえ〈自分のいない世界〉をたかだか〈自分が出場していないスポーツの試合〉だとか、〈自分が出席していない宴会〉だとか、そんな程度のもんとして想像してしまっておる。無の世界を想像するのは容易ではない。だから仕方のない勘違いなのかもしれん。そいつらの信じている世界、それが〈死後の世界〉だ」

私も勘違いをしていた。不狼煙にそう思わせる迫力があった。

広重の死生観がじんわりとわかってきた。

広重の否定する〈死後の世界〉とは、天使が歌っていたり鬼がぐつぐつと釜を茹でていたりする世界ではないのだ！　広重はそのような体系にはノータッチ。広重が相手にしているのは、もっと認識論的なこと。〈自分が死んだあとに続く世界〉という、人が無批判に想像しがちなイメージを否定しようとしているのだ。

不狼煙はぞくりとする。

そうだった、私は死ぬ。

遅かれ早かれ死ぬ。

換言すれば、遅かれ早かれすべてが無になる。

これはもう決まっていることだ。

ときどき〈死ぬときに後悔のないよう、やりたいことをやっておこう〉という旨を見かける。映画のセリフや歌の歌詞などで見かける。私も近いことをさっき口にした。しかし――死はちゃぶ台返しだ。〈やりたいことをやった〉という過去もひっくり返され、無になる。何もやっていなかったことになる。広重はこれをいっている。

多くの人が口では〈死後の世界を信じない〉といいながら本当は〈死後の世界〉を信じている。〈死後の世界〉が存在しないことを思いだすには、いまの広重の熱弁のようなきっかけが必要だ。そのぐらい〈死後の世界〉が現代人にとって、少なくとも現代日本人にとってナチュラルな世界観となっている。

さっき広重に〈お前さんはいまから家に帰って首を吊ろうとしているかい？〉と問われた。はて、どうして私は首を吊ろうとしないんだっけ？　吊っても吊らなくても、人生の答えはゼロじゃないか。何も残らない。無だけが唯一の真実じゃないか。

広重は不狼煙に向かって、

「どうだい、お嬢ちゃん。あなたは死後の世界を信じていないかね?」

「私は……」

「ぼくは死後の世界を信じなくなった。ぼくは死ぬ。べつに自殺するわけではないけどね、ぼくは死ぬ。死んだとき、過去はゼロに戻る。わが子が死んだという悲しい過去も――消える」

「……。なるほど」

広重がこの死生観に辿りついた必然性、それはこの点にあるのだろうか。

ではあなたはなぜすぐに首を吊らないのですか? わが子が死んだという悲しい過去がただちに消えるんでしょう? と訊きたい気持ちになったが、ぐっと我慢した。そんなことをいえば本当にさっさとこの世を去りそうな恐ろしさが広重の語気にはあった。

ここで菱子の言葉も思いだす。〈私は死なない〉。

はたして菱子自身の目から見た世界は、すべて無になったのだろうか? かつて有であったという痕跡すらなく、無になったのだろうか?

落ち着かない不狼煙。

すると、一花が突然に口を開いて、

「でも心配しないでね、お二人さん。だからといっても、この人が経太郎のあとを追うわけじゃないからね。この人、行動派じゃないの」

気楽な調子でいう。

一花ののんき気なひとことで、不狼煙は現実に対する手応えを思いだす。

彗山の姿を見る。彗山は口を横一文字に閉じて、右のほうをぼうっと眺めていた。何を考えているのだろうか。

広重の〈死後の世界〉論がおのずとこの会合のピークとなった。あとは形だけの言葉を交わしてニセ保険調査員たち辞去。広重の熱弁に心揺さぶられた不狼煙、そのへんのことはもはやよく覚えていない。気づいたとき、バイクに跨《また》がっていた。

タンデムシートに彗山が跨る。不狼煙の腰をつかんで、

「変わった死生観を聞けたな」

「彗山さんは広重さんの考えかた、どう思いました?」

「間違っていないと思う。無を想像するとき、人はつい程度の低い想像で満足してしまう」

「私はいつのまにか〈死後の世界〉を信じてしまっていたんですね」

「いつでも首を吊っていいぞ。好きにしろ」

「弔りませんよ。でもあの話って、死者言葉の謎を解くキイになりそうですか?」

少し間が空いたあと、彗山はいう。

「いや、ありゃ関係ないだろ」

そのあと溜め息をつき、視線をぼんやりと空に向けた。次なる切り口について考えているのだろう。

ただ、不狼煙はやはり、しばらく広重の死生観のことにとらわれた。アクセルを踏みながらも、それについて考えてしまう。

先ほど一花ののん気なひとことで現実に対する手応えを思いだしたような気がしたが、考えなおしてみれば逆なのかもしれない。広重の熱弁によって現実の正体を思いだしつつあったところ、一花の言葉でひきとめられ、幻想世界の中にふたたびドボンさせられたのではあるまいか。多くの人が無自覚にどっぷりと浸かっている甘い幻想世界。

そうだった、私は死ぬんだ。すべてが無になる。後悔のないように生きよう、というのは死後の無を舐《な》めている。

後悔がある状態とない状態、その差も死後は無だ。

死後の世界はない。

自己の死は世界の滅亡と同義。

遅かれ早かれ、過去はすべて無になる。これはもう決まっている。

遅かれ早かれ、過去はすべて無になる。これはもう決まっている。

遅かれ早かれ、過去はすべて無になる。これはもう決まっている。

7

興信所への帰路、バイクが信号で停まったタイミングで、

「忘れてた！」

彗山が突然叫ぶ。

「なんです？」

「除霊師陣内。今日お祓いしてもらうんだった」

不狼煙の喉から、思わず変な声が出る。

たしか十五時からだ。腕時計を見ると、十五時十五分前ぐらい。飛ばしてぎりぎり間に合うかどうかの瀬戸際だ。

「早く戻ろうぜ」

後ろから不狼煙の身体を揺さぶる。信号が青になるやいなや、不狼煙はアクセルを踏みこみ、早速前の車を追い越した。

結局、興信所に戻ったのは不狼煙の腕時計で十五時の二、三分前。電話には留守番電話

が一件入っていた。十四時五十分、携帯電話の番号。陣内の声で、十分前なので電話をかけさせていただきました、また連絡します、というメッセージ。

リダイヤルする彗山。先方の提案で、予定の十五時ではなく十五時十五分からはじめることになった。

興信所には普段から依頼人が出入りするため、幸いにも最低限の片づけはできている。本当に最低限だが。不狼煙はクーラーのリモコンを探しながら、

「ところで、陣内さんには何をどこまで話してOKなんですか？」

いまごろ確認することではない、と不狼煙は自分でも思う。遊び半分で除霊を予約した感がある。間際になって現実味を帯び、ようやくいろいろと気になりだした。

「基本は標準通りのラインで」

と、彗山。

書類の下にリモコンを発見した不狼煙、冷房をいつもの温度に設定する。

「でもそれじゃ何をお祓いしてもらうか、向こうがさっぱりじゃありませんか？」

「モノホンの除霊師ならこっちの説明なんかなくとも問題がわかるんじゃないの？　ワンちゃんが〈ボクはお腹《なか》が痛いんだワン、変なものを食べちゃったんだワン〉と人語をしゃべらないと獣医は何もできないのか？」

「犬はともかく、飼い主があまりにも非協力的だったら、治るものも治らないんじゃ？」

「べつに非協力的になれといっているわけじゃない。細かくはしゃべれないが、仕事で人の死に関わってしまった。職場が呪われないように拝んどいてほしい、と。これならどう?」

「それならいいかもですね。呪われないように祓っといてほしいワン、ということで」

「それで」

「実際、幽霊モノの映画を撮るとき、念のためにお祓いをしてもらう場合もあるそうですからね」

「不狼煙が魂を持ってかれてるしな」

と、からかう口ぶりで彗山がいったとき、呼び鈴が鳴った。

こうしてふしぎな時間がはじまった。

ある意味では盗聴器の録音データを聞いていたときよりも、ふしぎな時間。

さまざまなものにぽかんとさせられた……。

まず何にぽかんとさせられたかというと、興信所にやってきたのが陣内一人ではなかったことだ。白装束の女がアシスタントとして、大きめのバッグを抱えて現れたのであった。

アシスタントのいでたちはなかなか普通ではなかった。衣料用洗剤のCM用に作られたのかと見るものに思わせる真っ白ワンピース。サイズはぶかぶか、足首が隠れるほどの丈。全体としてはてるてる坊主のよう。ただ、アシスタントの髪は坊主にはほど遠く、肩《けん》胛骨《こうこつ》の下あたりまで長く伸ばされている。まるで幽霊のような格好。不狼煙などひと目見たときには、除霊の無料体験としてサンプルの幽霊を陣内が一体連れてきたのだと思ってしまった。

しかしアシスタントの存在さえ、陣内の変貌ぶりと比するなら意外というほどのものではなかった。夜に飲み屋に行けばよく似た人が三人はいそうなぐらい、地味。従来の陣内にはそんな印象を持っていたが、勤務中——除霊師モードの陣内は、もはや現実の人間とは思えず、さながら漫画の登場人物のようであった。

陣内が身に纏っているのは、何やら重要そうなマークが大きく三つほど描かれた和服。黒髪はムースでがちがちのオールバックに。額には黒い塗料で描かれた目のマーク。すっきりした鼻筋は化粧の効果と思われる。化粧道具なんか触ったこともなさそうな男であったのに、これほどとは。不狼煙としては無料サービスの内容を除霊ではなく化粧講座に変更してもらいたいぐらい。

住人とほとんど言葉を交わさないまま、陣内とアシスタントはリビングに立つ。

胸を張り、威風堂々としたそのさま。

後光さえ見えるかのよう。

袂を大きく広げる奇妙なポージングとともに頭を下げつつ、陣内はいう。

「韻《ゐん》夷《い》院《ゐん》穴熊《あなぐま》と申します」


なんだって?

アシスタントがすぐに説明する。その声で、電話で予約対応した女だとわかった。

「聞けば皆様とは俗世にてご縁があるとか。されど除霊のおりには韻夷院穴熊という名を用いますのでいまは左様によろしくお願い奉ります」

じつはこの韻夷院穴熊という珍妙な別名は名刺にも書かれてあった。だがまさかそれが人名であるとは思ってもみなかった。除霊の団体名かと思った。

彗山は珍しく、おっかなびっくりといった感じの声色で、

「わかりました、よろしくお願いします」

陣内もとい穴熊はリビングの中央にすっと進みでた。

「酉《とり》から――余所目《よそめ》に巳《み》!」

突然、何やらいいはじめた。

アシスタントは、

「さあ、かしこまり!」

と声をはりあげて、膝をつきバッグを開ける。取りだされたのは、彼女の服と同じぐらい真っ白の巾着袋。彼女は膝をついたまま、巾着袋の中に手をつっこむ。

「お清めの塩でございます。霊詛《れいそ》を日々込めております」

壁の側で固まっている彗山たちにひとこと説明したあと、アシスタントは巾着袋の中から塩をひとつかみ投げて、

「さあっ」

と、声をはりあげる。

「牡丹《ぼたん》からは──添えて桔梗《ききょう》」

「さあ、かしこまり。──さあっ、さあっ」

などと口にしながら、さっきとは少し違う方向に塩を投げる。なんだこりゃ？　本格的なのか子供騙《こどもだま》しなのか、不狼煙には判断がつかない。

アシスタントが彗山と不狼煙の顔を順に見ながら、

「韻夷院流は不阿土《ふあど》の化身たる岐阿弥《きあみ》韻夷院の霊詛をもとに練られた除霊法でございますが、その起源は古く、一説には大陸の念浄《ねんじょう》が西方に旅する途中ではじめたといわれております。日本には義満《よしみつ》の時代、勘合貿易のころ九州の貿易商らが持ち帰ったのが起源とされております。塩に霊詛をこめる入詛塩定《にゅうそえんじょう》は塩を比較的容易に入手できる船乗りが海難の霊を除霊するのにたいへん好都合でありました」

由来を説明してくれた。

穴熊は彗山のほうを向いて、

「生者と死者を照らすお天道様《てんとさま》。悔いの夜には悔いの夜の声、妬みの朝には妬みの朝の声、何十年何百年何千年と波が打ち寄せてはひいて、打ち寄せてはひいてまいりました。さてこのたびは――いかがなさりましたか」

彗山が、え、ああ、と発したのち、

「なんだっけ」

と、不狼煙にいう。急に振るな。

不狼煙は穴熊に向かって、

「細かくはお話しできないのですが、仕事で人の死にかかわってしまったのです。ですから念のためお祓いをしてほしくて」

穴熊は袂をはためかせつつ、その場でくるりと回ったあと、

「あいかしこまりました。古来、人の死はそれ自体畏《おそ》れられてまいりました。生前の繋がりの濃いもの、さにあらぬものを問わず、霊の白さ黒さに波紋を生んでまいりました。この穴熊めの霊詛をもってして悪意ある霊どもの根をねじりきり、この場より追いだしたいと存じます。根をねじりきられた悪意ある霊どもは往来で生者たちに踏まれ、四季一巡待たずして地下に雲上に消えることとあいなります。さてにもいかにもよろしいでしょうか」

さてにもいかにもよくわからん。

傍らから、彗山がしまらない調子で、

「はあ、どうぞ」

すると、穴熊はいきなりそっぽを向いて、

「枯れ枯れし池の蓮《はす》が——あれ聞こし召す」

声をはりあげる。眼光は鋭い。

アシスタントがさあっ、さあっ、といいながらバッグを漁りだす。今度はロウソクの束、小さな耐熱皿、ユーティリティのライターなどが取りだされた。デスクの上に一本、床の上に二本。計三ヵ所にロウソクが立てられた。ロウソクはじかに立てられたわけではなく、小さな耐熱皿に載せられている。

アシスタントはライターを使って、それらのロウソクに順に火をつけた。

「さあっ、さあっ」

さらにバッグを漁るアシスタント。取りだされたのは上等そうな和紙。彗山、不狼煙に一枚ずつ渡してくれた。

「穴熊の霊詛でございます。こちらあらかじめ霊詛を込めているものでありほかに替えがたい紙となっておりますゆえ、のちほど回収させていただきます」

穴熊、彗山たちが和紙を受け取ったのを見届けて、

「まいります」

いっそう気迫ある声を出す。

アシスタントの声にも気迫が増す。

「さあっ、さあっ」

穴熊はすうっと息を吸いこんだあと、

「穴熊、申しあげたてまつる！　この場に渦を巻く百鬼千霊《ひゃっきせんれい》の根を断ちきりたまえよ。切苦斬苦《せっくざんく》の波を沈め恵幸栄輝《けいこうえいき》なるを。

いびぎゃんいびぎゃん　いびぎゃあんぎゃあん
いびぎゃんいびぎゃん　いびぎゃあんぎゃあん
すていすぎゃん
さあ　みなさま　ごいっしょに――」

不狼煙は手もとの和紙に視線を落とす。なるほど、読みやすい文字で、この場に渦巻くどうたらこうたらと書かれてある。朗読すればいいのね？

アシスタントも加わり、四人で唱える。

「この場に渦を巻く百鬼千霊の根を断ちきりたまえよ。切苦斬苦の波を沈め恵幸栄輝なるを。

いびぎゃんいびぎゃん　いびぎゃあんぎゃあん
いびぎゃんいびぎゃん　いびぎゃあんぎゃあん
すていすぎゃん」

もう一度！　と、穴熊がいう。

「この場に渦を巻く百鬼千霊の根を断ちきりたまえよ。切苦斬苦の波を沈め恵幸栄輝なるを。

いびぎゃんいびぎゃん　いびぎゃあんぎゃあん
いびぎゃんいびぎゃん　いびぎゃあんぎゃあん
すていすぎゃん」

このあとには沈黙が待っていた。押し黙ったまま、ロウソクの一本を見つめる穴熊とアシスタント。彗山と不狼煙もおのずとその沈黙に倣うこととなった。

一分足らずして、穴熊が沈黙を破る。

「出ていけーっ」

アシスタントも叫ぶ。

ふう、と穴熊は息をついたあと、彗山のほうを向いて笑みを見せる。自信に満ちた笑み。ふしぎなもので、その笑みを見ただけで除霊が終わったのだと不狼煙にはわかった。

「これにて悪意ある霊の根をねじきり、往来に追いだすことができました。何か居心地が変わりましたか？」

彗山はもじもじとしながら、

「えっ……、うーん、うん……」

曖昧に頷いた。

不狼煙は深呼吸をしてみる。

意外といえば意外だが。

なぜか、いい気持ちになった。

穴熊もとい陣内の目をそっと見る。

ああこれは。

自分の仕事に誇りを感じている男の目だ。

格好いい。こういう男の目、久しぶりに見たかもしれない。

六橋商事の千頭という男も、不狼煙がここ最近あまり見かけなかった種の男であった。スーツとネクタイを身につけた自由人という感じ。いまの陣内は、千頭とはこれまたまったく違ったタイプの格好よさだ。

珍妙珍妙の除霊儀式であったが——終わってみると、不狼煙は悪い気はしなかった。除霊師としての彼だけでなく、依頼人としての彼（ややこしいことにいまは不狼煙のほうが依頼人だが、ここでは〈探偵に依頼した陣内〉の意）と話しているときから、不狼煙は彼の目に誠実さを感じていた。夫としてはどうも甲斐性がなさそうだが、それでも誠実さは持っていそうであった。

そんな陣内がこの除霊行為の有効性を信じているようだ。あるいは少なくともこの除霊行為によって依頼人の悩みが軽減されると、つまり、依頼人のためになると、心の底から信じているようだ。そういう目をしているのだ。こんな目をしている男はドリーマーにはなれても、詐欺師にはなれないだろう。不狼煙はそんなふうに思う。

正直なところ、除霊行為自体の効果には半信半疑だ。しかし、いま目の前にいる誠実な男はこの儀式を真剣に行ってくれた。それが私たちのためになるのだと信じて、真剣に行ってくれたのだ。儀式自体というよりも、そうした思いが不狼煙の胸にじんと響いていた。

半信半疑というのは半分信じることだ。突き抜けた客観性を志向する広重の話を聞いたあとなのに、除霊を半分信じてもいいと思わされた。とてつもないパワーだ。

陣内の儀式に不狼煙はいたく感心した。

「なんだか、すっきりしました！」

と、不狼煙。陣内は穏やかな声で、

「それはよかったです。あなたは感じとりやすい人なのかもしれません」

「はい、そうかも」

不狼煙はふと傍らを見る。彗山と目が合った。彗山は霊詛の書かれた和紙をだらんと持ち、口を半開きにしたままで不狼煙の顔を凝視していた。いいたいことがあるようだが、気にしない。不狼煙は穴熊に向きなおって、

「ありがとうございました」

陣内はうんうんといって頷く。

しかし……、急に表情を変えた。

眉間に皺を寄せて、

「これで入詛塩定の除霊は済みました。しかしながら、ただ、正直にもうしあげますと……」

「はい？　なんでしょうか」

「これは、ちょっと、いくらなんでも……」

「え……？」

陣内は彗山と不狼煙の顔を交互に見ている。何かをいうかいわないか、迷っている表情に見える。動揺の色も。

彗山が訊く。

「どうしたんです？」

アシスタントはこのやり取りに関与せず、つんとした無表情のまま、てきぱきと片づけを進めている。きょとんとしている不狼煙たちの手から霊詛とやらをしたためた和紙を回収。ロウソクも火を消し、耐熱皿ごと回収する。

不狼煙も穴熊に向かって、

「あのう、何か？」

「ああ、いえ、大丈夫です。その、また何かありましたらご連絡を」

歯切れが悪い。

不狼煙、言葉に詰まる。

見ると、彗山は呆れた目をしている。

これにて――という言葉とともに深々と一礼し、陣内は玄関から姿を消した。続けてアシスタントが〈床に撒《ま》いた塩はすぐに掃除していただいてもかまいません。そのことで除霊の効果が消えてしまうわけではありません〉という説明を淡々と告げたあと、穴熊のあとを追って消えた。

怒濤《どとう》の時間であったように思う。

しんとなった空気をたっぷり感じたあと、不狼煙は彗山に向かっていう。

「最後、気になりましたね。なんでしょう？　除霊、ちゃんと成功したんでしょうか」

　私は死なない。

私は死なない。

私は死なない。

菱子。

菱子は、除霊できたのか？

陣内の除霊を半分信じた不狼煙。霊の存在感というものを、先ほどよりもリアルに想像するようになった。この意味では逆効果になってしまったかもしれない。

「菱子はまだ――」

もしかするといま除霊できたのは菱子以外の雑多な霊たちではないのか？　どうでもいい霊を除霊することには成功したが、本丸の菱子だけはまだ残っているのではなかろうか？　穴熊は菱子の持つその強固さに動揺させられたのでは？

「――まだ除霊されていない？」

そんな不狼煙をよそに、彗山は流し台へ。流し台横の棚からコーヒー粉を取りだして、

「なんだよ、最後はまた宣伝かよ、あいつ！」

「宣伝？」

「要は〈一応は除霊しましたけど、まだ除霊しきっているわけではありません。もっと除霊したいでしょう？　追加でお金を払ってくださいね〉ってことだろ？」

いつも似たことを依頼人相手にやっている彗山らしい解釈だ。

しかしそれは間違っているような気がする。

「除霊とかいっているけど、逆に不安を煽《あお》ることが目的だったわけじゃん。典型的マッチポンプ。はーア。まあでも、そうやってお金を稼いでいるんだとわかったのは社会勉強になったな、なるほどね」

彗山はぶつぶついいながら、サイフォンの中にコーヒー粉を入れる。

不狼煙は陣内が最後に見せた表情を思いだす。

こんな存在が本当にあっていいのかと何かの存在に恐怖する表情、あまりにも不気味な

何かに恐怖する表情、そうした表情に見えた。いつものように仕事を終えようとするも予想外のとんでもないものにぶち当たった、そのような戸惑いを不狼煙は想像した。宣伝目的のパフォーマンスには見えなかった。

予想外の強い霊……。

菱子……。

まだいるというのか……？

「除霊してもらったのに、また魂取られてんの？」

という、彗山の声ではっとする不狼煙。こういう〈はっ〉が昨日今日でもう何度あっただろうか。

「あっ、いえ、スミマセン。もう大丈夫です」

不狼煙はふとベランダを見やる。

〈反省〉が目に入った。

まーたぼうっとしているぞ、私！　しっかりしなくちゃ。

8

塩の掃除が終わったあたりで、ちょうどコーヒーができた。彗山はいつもの椅子でゆるりとコーヒーを飲みはじめる。ぼうっと壁を見つめながらである。

そういえば洗いだしをやらなきゃ、と思いだす不狼煙。録音データの洗いだしだ。まだ全部を聞いたわけではない。データは五時間分。最高の二倍速で聞いても二時間半かかる。億劫《おっくう》だと思っているうち、つい忘れてしまっていた。

盗聴器をパソコンに接続。ピロン。

▼データをはじめから再生する（S）
データを途中から再生する（T）
データを編集する（E）
データをエクスポートする（X）
データをすべて削除する（D）

終了する（Q）

ヘルプ（H）

彗山が声をかける。

「また聞くのか？」

「頭から洗いだしをしておきます」

「ああ……、そういや、まだやっていなかったのか」

「すみません、すぐやりますんで」

「そうしてくれ」

不狼煙は二倍速で録音データを頭から再生する。べつにイヤホンやヘッドホンを使うわけではないから、彗山の耳にも届くだろう。

二時間半以上かけて、不狼煙は作業を終えた。二時間半以上になったのは、再生を一時停止した時間などがあるからだ。

ドアの開閉音とエンジン音が要所要所で録音されていた。ここから、経太郎が車に乗っていた時間の予想を立てることは容易だった。どうやら二十時前に乗車したあと、少し運転して降車。そのまま何もなく二十一時半以降のデータへ繋がり、二十二時直前に〈暑くなったな〉という経太郎の声が入る。

しかし車の動きなどどうでもよくなるぐらい、重要な新発見があった。

十九時五十六分の箇所——つまり最初に経太郎が車に乗りこんだ直後の時刻に、とんでもない言葉が録音されていたのだ。

『あらわれよ、霊の世界。

あらわれよ、霊の世界。

あらわれよ、霊の世界。

あらわれよ、死者の世界。

あらわれよ、死者の世界』

という、あまりにも超日常的な言葉である。

あくまでも経太郎の声だ。

その前後にはとくに変わった音声など録音されていない。詳しく追うと、十九時五十四分に車に乗り、エンジンをかけて、五十六分にこのおかしな言葉を口にした……と、このように想像される。


なんだこれは。

いくらなんでも、異常すぎる。

無言との会話という死者言葉現象に——輪をかけて異常。もともとは麻野を警戒した保険のような捜査であったのが、ついにこんなわけのわからない遠いところまで来てしまった。

十九時五十六分の呪文。

こんな重大なことを知らないままで死者言葉事件を捜査していたのかと思うと、恥ずかしさも感じる。とはいえこの証拠は謎を深めるばかり。解決への糸口になる類のものとは思えなかった。

「なんだと思います？」

パソコンの電源を落とした不狼煙、あらためて彗山に訊く。

彗山のコップからはとうにコーヒーが消えている。

「さっきもいったが——まるで呪文だな、こりゃ」

そっちの世界にいるリョウコを見たいと思っているんだ。さっきもいったけど、そっちの世界に完全に行ってしまうわけにはいかない。でもこう、完全に、でなければね。

死者と言葉を交わすための儀式？

「もう何がなんなのか、さっぱりわかりませんね」

不狼煙がいうと、意外にも彗山がいう。

「いやじつは思いついたことはある」

「そうなんですか？」

「死者言葉の正体について、状況証拠濃厚な仮説が私の頭の中にはある」

「なんだ。いってくださいよ！」

「今日、経太郎さんの生家を訪問しているとき、ふと何かが私の頭の中をよぎった気がしたんだ。でも何がよぎったのか、わからなかった——」

彗山はひとさし指で宙の一点を示したあと、水平に動かした。何かが頭の中をよぎったというジェスチャーなのだろう。

「——夢を見て起きたあとに夢の内容を忘れてしまうのと同じような感覚だ。ずっと思いだせなかった。除霊師のおもしろパフォーマンスを見物しているときもだ。でもさっき不狼煙が録音データを頭から聞いているとき、私はコーヒーを何杯か飲むことで自分のぼんやりとした脳みそに鞭打《むちう》ちながら、これまでの情報をもう一度洗いざらい整理してみたんだ。それで、私の頭によぎったものがなんであるかということをクリアな形として摑《つか》むことができた。そうして状況証拠濃厚な仮説を立てることができた」

「その仮説は十九時五十六分の呪文も説明してくれるんですか？」

そんな便利な仮説があるとは到底思えない。ちなみに〈十九時五十六分の呪文〉という表現だが、これはすでに不狼煙たちの中で用語化していた。

彗山は鼻の頭を掻《か》く。

「苦しい？」

「苦しいけど、一応ね」

「十九時五十六分の呪文という問題のほうからこの答案を作るのは難しいし、一意性に大きく欠ける。しかし、亡くなる直前の死者言葉という問題のほうから答案を作るのは比較的——あくまでも比較的にすぎないけどね——一意性があって論理を紡ぎやすくなっている。だから死者言葉の問題で答案を作ったあと、その特殊な応用として十九時五十六分の呪文を当てはめるのがよい。

三角関数にたとえると、死者言葉の事件というのが、θの範囲、0からπまでで三角関数入りの方程式を解くようなものだ。工夫すれば、直角三角形の各辺の長さとして方程式の意味を図形に落としこむことができる。いっぽうθの範囲が実数全体に一般化されると き、直角三角形の各辺の長さと問題を関連づけることは難しくなる。デカルト座標やガウス平面で幾何と関連づけることはもちろんできるけど、直角三角形の問題として案内された人たちはそこに不親切を感じるかもしれないね」

「あんまりうまいたとえとは思えませんが……、で、彗山さんは経太郎さんの生家で何に気づいたというんですか？」

彗山は両手を組みあわせ、親指をとんとんとつきあわせる。

「気づいたというか、連想のきっかけをもらっただけだけど。私たちを応接してくれた部屋の隣の部屋に、ピアノがあっただろう？」


リビングの中には座布団のほか、テレビ、書棚、ピアノなどが見えた。テレビは古い型。書棚の中のラインナップまでは見えなかった。ピアノは長年使われていないようだった。菱子か経太郎が子供のころに弾いていたのだろうか。そんなピアノもいまや書棚のようにして使われているようだった。

彗山の姿を見る。彗山は口を横一文字に閉じて、右のほうをぼうっと眺めていた。何を考えているのだろうか。


そうか、あのとき彗山はピアノを見ていたのか。

彗山は説明を進める。

「ピアノを見ることで連想の幅が広がったんだ。それだけなんだけどね」

「連想？　何に対してですか？」

「麻野が〈どこからどう読むのか、よくわからなかった〉〈ト なんとかだっけ？　よく知らない〉といっていた書類だ。昨夜は台本じゃないかと思ったんだけど、どうやら違ったようだった。しかし今日ピアノを見て、連想の幅が広がった。あれって、もしかして、楽譜なんじゃない？」

「というと……？」

「台本同様、触れない人はぜんぜん触れない。だから台本同様に〈どこからどう読むのか、よくわからなかった〉という表現が使われても不自然ではないと思うんだ」

わからないではない。しかし不狼煙はもう一つのヒントとの関連を気にして、

「トなんとか、とは？」

「ト音記号じゃないかね」

「ト音記号！」

「たしかに、ト音記号ぐらいは多くの人の知るところだ。しかし多くの人はト音記号のことを楽譜の左端に書いておく記号ぐらいにしか認識していない。スーパーファミコンもプレイステーションもセガサターンもまとめてファミコンと認識する人のごとく、ヘ音記号やハ音記号が〈見慣れない形のト音記号〉と認識される場合すらあるだろう。また特殊な事例とはいえ、ト音記号自体にだってヴァイオリン記号ではない記法があるんだ」

ビデオゲームのことは不狼煙にはわかる。自分がそうだからだ。昨日おもちゃ屋の店頭にいる麻野を見つけたときもまさしくそうだった。

おもちゃ屋の店頭には家庭用ビデオゲームのデモ機があり、客が自由にテストプレイできるようになっているようだ。任天堂の回しものではないが不狼煙はあれもこれも〈ファミコン〉というくくりでまとめるほどにビデオゲーム業界に興味がないので、よくわからない。

「仰る意味、わかります」

不狼煙は頷く。彗山の解説は続く。

「ト音記号の形状にしても、多くの人はぼんやりとしたイメージしか持っていない。タツノオトシゴに似ていて、くるくるっと巻かれていて、などとそのぐらいのイメージ。実際に書ける人がこの市内にはたして何人いるだろうか」

「私は書けますけど、書けない人、たしかに多そうです」

むしろタツノオトシゴに似ているとか、考えたこともないんだけど。変なことを考える人だな、とあらためて思う。

「とはいえ——とはいえだ。ト音記号を書くこともできない人だって、ト音記号以外の音部記号やヴァイオリン記号以外の存在について中途半端に知識を持つことはある。ヴァイオリン記号以外の存在は知っているが、その具体的な記法を知らない場合もある。ヴァイオリン記号以外の記法を使うときには五線との位置関係をずらすだけだったか、そうではなくべつの形の記号を書くのであったか、記憶が曖昧になっている人もいるだろう。

ということは〈ト音記号とト音記号以外の何かのあいだには些細な違いしかなく、ぼんやりとしたイメージを知るだけの自分には判別がつかない事例があるかもしれない〉と思う人だっているということだ。そういう人は〈じゃ、いま見ているこの記号は本当にト音記号で合っている？〉と慎重になる。〈ト音記号に見えても実際はト音記号ではなく、本当はヴァイオリン記号以外の表記で書かれたへ音記号でした――なんてことがあるのか？〉という観点を持つ人たちのことだがね。生兵法は大怪我《おおけが》のもとという金言を知る賢者ならではの揺らぎ。そうした揺らぎが即時言語化されたとき〈ト なんとかだっけ？よく知らない〉という麻野のフレーズになるのは大いにありえることだ」

彗山の熱弁っぷりが映画のワンシーンみたいで、不狼煙は思わず頬を緩めた。

「はいはい、わかりますよ。台本のト書きをいちいち〈トなんとか〉と表現してしまうという話も基本的には同じことですよね。ト書き、ト音記号。どちらもきっちり定義されていそうな気配がありますから、見知っただけのアマの誤用にプロが〈厳密には違うんだけど！〉といってイライラしそうなトコありますもんね」

「そう」

彗山は短く応じた。

不狼煙は矛先を確認したかった。

「えっと、それで、麻野さんの見つけたプライベートな書類という証拠の正体が楽譜だったとして、何がどうなるんでしたっけ？」

「楽譜といえば音楽。台本仮説のときは経太郎さんがどこかの劇団と接触しているのではないかという話になったが、今度の楽譜仮説の場合、音楽だ」

「となれば……」

「まずはなんといってもあのミュージックバーが気になる。そう思って不狼煙のミュージックバー訪問記を頭の中でふりかえっていたんだよ、私は。極力映像として浮かべながらね」

9

看板によると、ミュージックバー『SEED』の開店時刻は十九時半。いまはまだ十八時半。ただ階段を降りて入り口のガラス扉の前までやってくると、中で店長田上が開店準備をしているのが見えた。

早速、彗山は無遠慮にもガラス扉をどんどんと叩きだす。店によっては叱りとばされていたかもしれない。だが、田上という男はそういうタイプではなかった。気づいた田上はガラス扉を開けて、

「これはこれは、昨日の……。どうしました？」

不狼煙は縮こまる思いでいう。

「すみません、こんな時間から申し訳ないです」

「私、不狼煙と同じ保険会社に勤めております彗山と申します」

と、彗山がでっちあげ名刺をバッグから出して名乗った。田上は両手で名刺を受け取ったあと、カウンターの裏から自分の名刺を持ってきた。自己紹介しつつ名刺を彗山に手渡す田上。田上の名刺を名刺入れにしまった彗山は、

「突然ですが、本題に入らせていただいてもよろしいでしょうか」

「なんでしょう」

「というのは、すでに不狼煙から説明をさせていただいた通り、私どもは高本経太郎様のご逝去および生前の状況について調査を進めております。つきましては不狼煙の報告を聞き、何点か質問させてほしいことができまして」

「ああ、わかりました。ご協力します。中にどうぞ。立ち話もなんですから……」

偽保険調査員二人、田上の厚意に甘えて店内の席に座る。田上は氷の入った水を持って

きてくれた。

「いまは私一人です。アルバイトの市畑もまだ入っておりません。開店が十九時半でして、その直前には入ると思うのですが」

「わかりました。お忙しいところ、すみません」

と、不狼煙。彗山は水には手をつけず、

「それで、調査のほうなんですが」

「はい」

「経太郎さんは『SEED』で歌を歌うことがありましたか?」

「それが、保険に関係あるのですか?」

はい、と彗山はきっぱりと答える。

本気でいってるのか、という表情が田上の顔に浮かぶ。が、答えてくれた。

「高本さんがこの店で演者の歌をお聴きになったことは幾度となくありますが、お歌いになったことはありません。うちはカラオケのサービスはやっておりませんので」

「一度も歌われなかった、と?」

「しかし待ってくださいよ。ああ、そうですね、ライブが行われているとき、オーディエンスとしての立場の範囲内で歌ったことは何度もあります」

声をあわせていっしょに歌うことを演者から求められたり、歌の邪魔にならない程度にコールを入れたりする行為を指していると思われる。

彗山は手のひらをゆっくりと横振りしたあと、

「そういう意味ではないんです。ステージに立って、演者として歌を歌ったかということです」

「やはりそういう意味ですか。それなら先ほど申した通り、ありません」

「では、高本さんが何か楽譜を持ってきたことはありますか？」

「楽譜を？　えっと……、ちょっと、記憶にありません」

「こちらのお店で楽譜は売っていますか？」

「いいえ、売っておりません」

次々と質問に答えてくれている。この状況が示しているのは彗山の保険調査員演技のうまさではない。あくまでも田上の人のよさだ。

「このお店ではいろんなかたがステージでショーをされるそうですね」

「そうです、ミュージシャンたちがライブをしてくれるんです。それがうちの売りなんです。どのかたもこれから全国的に有名になるミュージシャンだと私は思っております」

田上の説明には熱がこもっている。『SEED』の真の売りとは、この田上の静かなる熱量にあると不狼煙は思う。

「そのミュージシャンのかたがたが楽譜をここのお客に配ることは？」

と彗山が問うと、田上はよくわからないという表情で、

「ここでは、そういうことはやりません」

「ステージの上からではなく、演者がステージを降りたあと、この店の外で高本さんとプライベートで会って楽譜を渡したなどということはありえますか？」

「ありえないかありえるかと訊かれたら、そりゃありえるでしょう。それは当然です。うちのミュージシャンたちは動物園の動物や水族館の魚とは違うんです。用があるとき以外は『SEED』の中にいませんし、どこで何をしているか、私が把握しているわけでもありません。私は彼らの雇用者ではありません。仮に雇用者だったとしても、オフのときまで行動を把握しているはずがないじゃありませんか」

怒らせてしまったかもしれない。店外に放り出されて事情聴取中断となっても文句はいえない。緊張した不狼煙は水を口に含んだあと、ゆっくりとそれを飲んだ。

見ると、彗山は韻夷院穴熊のアシスタントと同じような表情をしている。つんとした無表情を気取って、淡々と、

「そうですよね、わかりました」

「でもですね、高本さんがプロデュース会社の人間でもない限り、ミュージシャンの誰かがプライベートで楽譜を高本さんに渡すというのは考えられないですよ。なんの意味があって渡すのか、私にはわかりません」

説明してくれる田上。やはり人がよい。

彗山はさらに攻める。

「演者の中に女性は何人いますか？」

この問いには田上はしばし絶句した。プライベートでの接触。男と女。危ないロマンスが見え隠れする話題となったことに気づいたようだ。

無遠慮な質問。だが田上は、怒りを少なくとも表には出さず、

「うちではずっと同じミュージシャンばかりがライブをしているわけではありません。少しずつですが顔ぶれが変わっています」

「高本さんが通っているうちにも？」

「そうです。とはいっても、ほとんど変わっていませんし、高本さんが聞いていたのはほとんど二組だけです。刑部さんたちのジャズバンドと、演歌歌手の長津真空ちゃんです。最近はこの二つがメインですので」

「ジャズバンドのメンバーに女性は？」

「いません。男性のみで構成されています」

「では最近ステージに立つ女性といえば、基本的に長津真空さんだけ？」

「そうです。——あのう、このことに何か深い意味があるとお考えですか？　楽譜をもらったかどうかが一体なんの保険に関係するのでしょうか？」

田上の瞳に浮かぶ不審の色、いっそう濃くなる。

このとき、だしぬけに声がした。

「こんにちはぁ。保険のお姉さん、今日も調査ですか？」

田上、目を丸くする。彗山といっしょにふりかえる不狼煙。心の中で〈噂《うわさ》をすればなんとやら〉と唱える。続いてふと思う。——〈噂をすればなんとやら〉か。〈噂をすれば影〉くらいはもちろん覚えている。それでも意味もなく〈なんとやら〉とすることはある。〈ト音記号〉が意味なく〈トなんとか〉になることにもあらためて習慣的な必然性が感じられた。

噂をすればなんとやら。

『SEED』の入り口には、長津真空その人が立っていた。

仕事に来たのだ。

昨日は和装だったが、今日は洋服。昨日つけていたかんざしも頭にない。が、肩からぶらさげている大きめのバッグに衣装が入っているのだろう。

長津はにこにことしている。話は聞かれていまい。いや待てよ、と不狼煙は考える。もしも長津と経太郎が男女の仲にあったなら、昨日の訪問のとき、長津はとんだお澄ましをしていたことになる。そのような女優の才があったなら、先ほどの会話を耳に入れながらも笑顔を作ることも難儀ではないかもしれない。

長津はにこにこ笑顔のままで三人に寄ってくる。

彗山をちらりと見たあと、田上に訊く。

「こちらのかたは？」

「同じ保険会社のかたで、調査の続きにいらっしゃったそうです」

と、田上がいう。

彗山が腰をあげ、頭を下げながら名乗る。そして頭をあげたあと、すぐさま、

「あのう、ちょっとご質問させていただいてもよろしいでしょうか」

田上は心底心配そうに、彗山と長津の表情を見比べている。

彗山の目は追及の目であった。

長津は大きく瞬きをする。

「はい、なんでしょうか」

彗山による城落としのはじまりか。不狼煙は息を飲む。

殺人などの凶悪犯罪は興信所の専門外だが、男女仲の隠しごとならさにあらず。彗山のよく慣れているところだ。

しかし彗山の次なる動きは、不狼煙にとって意外なものであった。

「長津さん、あなたではありません」

思わず不狼煙は彗山に向かって、

「えっ、彗山さん？」

彗山は長津の後方に目を向けている。

「私が質問させていただきたいのは――あなたです」

彗山の視線は店の入り口のほうに向けられている。そこには女性が一人いた。逸見だ。

長津のマネージャーである。

10

「映画の世界じゃないんだ。結局さ、あまりにも簡単で、あまりにもばかばかしい話だったんだよ。死者言葉事件ってのはさ」

「うわっ、その〈あまりにも簡単で……〉とかいいはじめるところがかえって映画の世界の探偵役みたいです」

「え、そう？」

「〈このあとにはきっと一生忘れないくらい感動する真相が披露されるんだよね！〉という観客の期待をその言葉でいったん低くしておこうという腹ですか？〈今回のテスト、

私全然勉強してないんだよね。全然だよ、全然〉などとテスト前にアピールする学生ですか？」

「ごめん、そんなに深く考えてなかった……」

「簡単とかばかばかしいとか、どうでもいいです。説明してくださいよ」

「……うん」

『SEED』開店時刻――十九時半から、しばらくして。

客としてくつろぎながら、同じテーブルの不狼煙に小声で話す彗山。田上とアルバイト市畑はキッチンにいて、不狼煙たちの席から遠い。長津はライブ準備のために楽屋にひっこんでおり、逸見はそれに付き添っている。――そろそろライブ開始時刻となる。

不狼煙たち以外の客は二人。大学生風アベックだ。遠目に様子を窺《うかが》うかぎり、千頭のような常連ではなさそうだ。

「でも本当、単純でしたね。正体見たり枯れ尾花どころじゃありません。お化けだと思っていた私がとことん馬鹿みたいです。除霊師まで呼んでもらって」

不狼煙が小声でいうと、彗山は嗜虐的な笑みを見せて、

「お化けだと思ってたんだ？」

不狼煙はなかば道化っぽくおおげさに肩をすくめて、

「結局——筆談だったとは。シンプルすぎますよ」

「現実はこんなもんだよ。それに、マネージャーのファーストネームが経太郎妹と同じ〈リョウコ〉だったとはね。これ、映画のオチだったら賛否両論ありそうだなあ」

長津真空のマネージャー、逸見。

ついさっき知らされたことだが、彼女のフルネームはじつは逸見涼子《りょうこ》であった。漢字こそ違うが、高本菱子と同じファーストネーム。すなわち、録音データの中で経太郎がリョウコリョウコと呼んでいたのは、高本菱子のことではなく逸見涼子のことであった……、という説に不狼煙たちは落ち着いたのだった。

「自分的にはそういう映画もありですけどね。でも彗山さん、筆談のこと、よく気づきましたね。逸見さんに一度会っている私が気づくのならわかるんですけど……」

「不狼煙の話を丁寧にふりかえったんだ。そうしたら逸見という人物だけひとことも発していないことに気づいた。誰がどの質問を発したか、省略された形でしか私は話を聞いていないから、その中のどれかの質問が逸見によるものだという可能性はある。しかしそうでない可能性もある」

「報告している私自身は気づいていなかったんですけどね、逸見さんが一度もしゃべっていなかったってこと」

しかし、じっくりと思いかえしてみると、その通り、逸見はひとこともしゃべっていない。盲点だった。無口な人だという印象はあったが、それだけだった。

ちなみに無口な人といえば、麻野の部下、露木は筋金入りの無口。でもつきあいが長いし、さすがに声を聞いたことはある。昨日も署でお茶を配ってくれるときに〈どうぞ〉と声をかけてくれた。

彗山はいう。

「だろうね。しかし気にすることはない。こういう現象は結構あるもんだ。複数人でわいわいしているとき、あとでふりかえってみてはじめて〈あ、あいつは結局ひとこともしゃべっていなかった〉とね。そんなことはありえないと断定できる人はむしろ想像力の不足した人さ。サッカーに置き換えてみればわかりやすい。一試合観戦したあと、一度もボールに触っていなかった選手を過不足なく挙げよといわれたら怯んでしまうだろう？　話題やボールの動きは万人の注目するところだが、それを誰が蹴っているのか、集計的に気にかけられるのは一部の人だけだ」

「私より先に彗山さんが気づくのが、これまたなんとも」

「コーヒーを飲んで脳みそをぎゅうぎゅうに絞りあげながら考えたからな。でもさ——昨日聞かせてくれた不狼煙の話の中にはややこしいところもあったんだぜ。『ＳＥＥＤ』の人たちが次から次に不狼煙に質問するところがあっただろ？　あの辺りがかなりややこしかった」

「あの辺りは私、Q&Aの形式で説明を済ませて、誰がどの質問を発したか、ほとんど教えていませんよ」

「でも、ちゃんと教えてくれたところもある。でも、そのせいで余計に混乱させられたんだ。ほら、最初のほう、アルバイトの娘が続けざまに質問をしたとかいったあと、逸見さんが悲しげな目をしていたなどといっただろう。そのせいでそのあとの質問――経太郎の身体がそんなに悪かったのかという旨の質問と、何か病気をしていたのかという旨の質問――あれらを発したのが逸見さんだと勘違いしてしまった」

市畑も横から次々と質問する。

「警察の人とは話をしましたか？　第一発見者の人とはどうです？」

マネージャー逸見は、悲しげな目で不狼煙を見つめる。

「高本さんはそんなにお身体が悪かったんですか？」

「ええっと……」

「何か病気をされていたとか……？」

「高本様の健康につきましては、まさしく私どものほうが詳しく知りたいのです」

「ああ、そうか、そうですよね」

不狼煙がいうと、逸見は納得の表情となる。

こういうふうにそのまま音読したわけではないが、彗山には同じ内容を伝えてあった。

不狼煙は気づく。

「ああ。それは仰る通り、勘違いです。それらの質問は全部市畑さんによるものです。私、市畑さんが次々と質問をしてきたっていったはずです。でも……、でもそうですね、たしかに私、その途中で逸見さんの目のことにも触れました。それだけ、あのタイミングで視界に入った、あの悲しげな目が印象に残ったんです。思えば、あの目は逸見さんと経太郎さんの関係があってのものだった……」

「そうだろうな」

といって、彗山はかぶりを振る。

「で、彗山さんは、突然私が逸見さんの悲しげな目に触れたから、その後の質問の発信者を市畑さんではなく逸見さんだと思った、と。そういうことですね」

「そう。そのうえ不狼煙は、逸見さんが納得の表情を見せたとか、そんなこともいっていただろ。あれもややこしい。直前の言葉が逸見さんによるものかと思った。でも、これも違ったんだよな。悲しげな目をしていた逸見さんの表情が納得の表情に切り変わったから言及しただけであって、市畑さんによる発言だった」

「そうです。すみません、ややこしい説明をしてしまって。些細なことがのちに重要視される可能性を思って、印象に残ったことをできるだけ伝えようとしたんです」

「完全なる逆効果だけど――努力は認めるよ。かまわないさ。そもそも、どれが誰のセリフかをはっきりさせるにはト書きでも使わないと駄目だ。話し言葉や小説ではどうしても、人物とセリフの対応がずれることがある。普通は内容から対応を想像できるものなんだが、たまには今回のようなことがある。仕方ない」

ト書きという存在は昨夜の話にも出た。

それを思いだして不狼煙は訊く。

「昨夜の〈プライベートな書類はト書きだった〉説は結局誤りだったわけですが、あの説の存在感があったからこそ、人物とセリフの対応という観点、対応がズレる可能性などに気づいたんですか？」

「ひょっとしたら、そうなのかもな。ト書きの話をしたとき、私の脳の中でト書きという存在が爪痕を残し、ひいては、いま不狼煙のいった観点や可能性について考えやすい環境をひと晩のうちに整えてくれたのかもしれない」

といったあと、彗山は手もとのカクテルを一口飲む。

不狼煙は確認する。

「報告はおおざっぱなほうが、かえっていいんでしょうか」

「いや、そんなことはない！　というのは、私にはべつのヒントもあったんだ。不狼煙は説明の中で、逸見さんがマジックペンとホワイトボードを持っていたとも触れていただろ？　これはさっきと逆で、不狼煙が詳しく説明してくれたからこそ気づけたことなんだ――」

残る二人はともに女。一人は不狼煙や市畑と同じような年頃。和服の衣装を纏っており、頭にはかんざし。だがよく見ると和服の生地は薄く、あまり高価なものではなさそうだった。もう一人は、見たところ彼女よりも二まわりくらい年輩。薄手のアウターのポケットからマジックペンの頭が覗いている。小さなホワイトボードを小脇に抱えている。

「――はじめはフリップかと思った。ライブ中のパフォーマーに書き言葉で指示を与えるやつね。ライブじゃなくてテレビ番組の収録で使うイメージだけど。でもこの店でのライブって、こういっては悪いけどそれほど本格的なものではないんじゃないかと思った。わざわざフリップを使うだろうかという疑問があったんだ」
「それで、筆談用のグッズではないかと目星をつけた。そういうことですね？」
「そういうこと。だから報告が詳しすぎて困ることはないよ。これからも同じような調子で頼む。――お、はじまった……」

ステージのライトが点いた。

彗山と不狼煙、ステージに顔を向ける。

舞台の袖から着物姿の長津真空が現れる。ステージ中央のスタンドからマイクを取る。簡単な挨拶をするが、ほどなくして伴奏が流れだす。それではお聴きください、新曲『降りみ降らずみ』でございます——といって、ゆっくりと歌いだす。

静かな歌だ。

逸見は店の隅にある音響装置のところに立ち、ステージに目を向けている。教え子を見守る教師のような表情だった。

不狼煙はぼんやりと死者言葉事件についてふりかえる。


筆談用のグッズ。

ホワイトボードに水性マジックで書いた文字を消すのは簡単だ。専用のイレイザーがなくとも、ティッシュや布でこするだけでよい。だから、筆談にホワイトボードと水性マジックを使う人はいる。逸見もその一人であった。

もちろん筆談は紙とボールペンでもできる。しかしその場合、紙を束にして持ち歩く必要がある。また、書き終わったあとの紙を持ち帰らねばならないのも地味に痛手。プライベートな会話のときには使い終わった紙の捨てかたにも注意を払う必要がある。ホワイトボードと水性マジックを使う人はこれらの問題から解放されることとなる。

水性マジックのインク切れという問題はある。だが、予備の水性マジックをバッグの底に忍ばせておくだけでその問題は解決する。より深刻な問題は、水性ペンをふき取ったときにわずかな粉が出ることだ。だから筆談をする人の中には特殊な磁気ボードを使う人もいる。小さいころにお絵かき遊びに使っていた人もいるだろう。先端にマグネットのついたペンを砂鉄入りボードの上で動かすことで砂鉄が磁力に反応して集まり、絵や文字を描写するグッズ。

しかし細い線を書きたいなら磁気ボードよりもホワイトボードに利がある。うっかりペンをなくしたとき、磁気ボードの専用ペンを再入手するのは困難だが、水性ペンであれば文房具屋やコンビニで容易に新品を見つけられる。ノートパソコンをいっそう小型化させたモバイルコンピューターなどがあれば便利だろうが、そのようなハイテク品、九〇年代の今日では少なくともまだ市民権を得ていない。

その筆談用のマジックペンとホワイトボードは、先ほど逸見が彗山の質問に答えたときにも活躍した。彗山が質問を一つ口から発するたび、逸見はホワイトボードに文字を書いて回答してくれた。

経太郎との関係を彗山が追及すると、逸見は書き言葉で語りだした。経太郎と逸見の二人は、最近ではミュージックバーの外で二人きりで会う仲であった。経太郎の命日もじつは逸見は経太郎と会っていた。それどころか、経太郎が心臓麻痺で倒れるまさにその瞬間に立ち会っていた。場所は墓地の傍で車内。遺体が発見された状況と同じだ。

「なぜ黙っていたんです？」

と、彗山が尋ねたときには逸見はホワイトボードに〈事を荒立てたくなかった〉と書いた。

逸見が黙っておけば経太郎はただの心臓麻痺による死亡者だった。しかし逸見が暴露してしまうと、経太郎は妻を裏切った挙げ句に心臓麻痺を起こした男となってしまう。そのうえ最期を看取《みと》ったのも妻ではなく逸見。残された親類の体面を考えると、なかなかいだせなかったのだろう。また、そんなこんなで迷ってひと晩放置してしまったことで何か罪に問われないだろうかという観点も生まれてしまう。自ら暴露することのハードルはいっそう高くなってしまったのだろう。リョウコ探しの当初からこうした心理は想像されていた。

逸見は続けて〈暴いてくれてありがとうございます。気が楽になりました〉とホワイトボードに書いた。逸見の字は綺麗《きれい》であった。

逸見は自身の病気のこともすすんで説明してくれた。

これには傍らにいた長津も積極的に説明を加えた。二人の説明を総合すると——逸見が芸能プロダクションのマネージャー業務に携わりはじめたのは半年前のこと。それまではソロボーカリスト志望であった。だが二年前、急に喉に痛みを感じるようになった。医者に診せると、扁桃腺《へんとうせん》に腫瘍がありきわめて危険な状態だといわれた。手術で腫瘍を除去し、投薬治療を通して体力を回復することはできたが、声を出すことはできなくなってしまった。それで歌う職を諦めて、彼らをマネージメントする職に就くことにしたのだった。

「もともと歌う側の人であっただけに、物凄《ものすご》く気配りのできるマネージャーさんなんです。本当に助かってるんです！」

長津はそう強調した。

なおいうまでもなく、こうした話し言葉と書き言葉の交錯こそが死者言葉の正体であった。会話の内容についても〈そっちの世界〉に〈ミュージシャンの世界〉という意味を代入すれば、不思議のない内容として理解できる。

つまり、こうだ。〈へえ、ミュージシャンの世界もミュージシャンの世界でなかなかたいへんなんだな〉〈そのときはおれもミュージシャンの世界に行ってやる。おいっ、冗談だって。おれにそんな気概はない〉〈おれがミュージシャンの世界に行ってもなあ、べつに大したことはできないぜ〉〈それでね、涼子。おれも今度休みを取って、ミュージシャンの世界にいる涼子を見たいと思っているんだ。さっきもいったけど、ミュージシャンの世界に完全に行ってしまうわけにはいかない。でもこう、完全に、でなければね。でもいまさらだけど、どうやったら見えるのか、よくわかっていなくてな〉。

これだけの意味。ミュージシャンの世界にいる涼子というのは、コンサートなどでマネージャーとして活躍している涼子という意味。つまり逸見の担当しているアーティストのコンサートに行き、舞台裏で活躍している逸見を見てみたいという意味。〈おれがミュージシャンの世界に行ってもなあ〉という仮定を口にしたのは一種のジョークにすぎないが、それでもほんの数パーセントは本気の気持ちがあったのかもしれない。いかんせんミュージックバー通いという新しい趣味を得て、そこで女と深い仲になったばかりの五十代だ。十代のごとき青春の風が経太郎の胸中で吹いていたとしてもおかしくはない。少し遅めの中年クライシスだったのかもしれない。

逸見はホワイトボードにこう書いた。〈高本さんは私がひよっこ歌手だったころに歌っていた歌も知りたがりました。だから楽譜も渡しました〉。それが車内で発見された楽譜であったのだろう。逸見はその歌の曲名も教えてくれた。

——歌が終わった。

長津は袖に消えた。

ステージの明かりも消える。

代わりに客席の照明が強くなる。

不狼煙は惜しみない拍手を送った。彗山も拍手。名前も知らない学生風の男女も拍手。

拍手という鳥の群れが『SEED』の中で飛びまわった。

ライブではないBGMが店内を埋める。学生風の男女はまた二人だけの会話に入った。

逸見がいたほうを見る不狼煙。

ちょうど、逸見が不狼煙たちに向かって歩いてきていた。

傍まで来たとき、彗山が逸見に声をかける。

「いい歌でした」

逸見は微笑《ほほえ》む。

彗山は声のボリュームを下げて、

「あの日はなぜ、お二人で墓地に行ったんです?」

逸見はホワイトボードに書く。〈お盆なので、菱子さんのお墓参りです〉。ああ、と不狼煙が声を漏らす。逸見は〈私は車で待っていただけですけど〉と書きくわえる。

不狼煙は経太郎の言葉を思いだす。〈悪いな、つきあわせて〉〈夜にやらないほうがいいのはわかっている。でも気にしないさ。おれなりの、あの世とのかかわりかたさ〉。すなわち〈おれの用事を優先している形になるけど、墓参りに行っていいんだよな。悪いな、つきあわせて〉という意味であり、夜にやらないほうがいいというのもそのまま墓参りの意味であったのか。〈おれなりの、あの世とのかかわりかた〉はあいかわらず少し奇妙だが、たとえ夜でも気にせずに亡き妹の墓参りに来る行為を指していると考えられる。

彗山はチーズをひとかけ、ぱくりと食べたあと、

「高本さんの妹——あなたと同じ読みの名前を持つ、菱子さんについて高本さんとは話をしたことはありますか?」

妹の話をしたかというのは、昨夜も不狼煙が『SEED』の人たちに訊いたことであった。が、いまでは状況が違う。逸見は〈よくしました〉とホワイトボードに書く。

「〈私は死なない〉。菱子さんはこういっていたようですが、この言葉に心当たりはありませんか?」

逸見は思案げな表情を浮かべたあと、ペンを動かす。〈高本さんから説明してもらいました。私は理解したつもりでいますが、説明は難しいです〉。彗山と不狼煙がきょとんとしていると、逸見はホワイトボードの文字を消したあと、あらたにこう書いた。〈でも幽霊やお化けとは関係のない話です。哲学だと思います〉。

彗山はつぶやく。

「哲学。死生観の話ですか」

現代人が〈死後の世界〉を無批判に信じていることを見抜いた広重、彼は哲学者といえる。父が娘に影響を与えたのか、娘が死後、父に影響を与えたのか。いずれにせよ不狼煙にとって、菱子と哲学を結びつけて考えることに抵抗はない。

逸見は頷き、ホワイトボードの文面を更新する。〈高本さんはよく妹さんのノートから言葉を引用していました。私は死なないというのもその中の言葉です〉。

ノート、か。生家訪問のときにも話題に出た。

ノートには菱子の思想が綴られているそうだ。

彗山と不狼煙はちらりと目をあわせる。

――もう一度生家に行って、ノートを見せてもらいたい。

暗黙のうちに意見が一致したのを感じた。

彗山は逸見に向かっていう。

「あなたと高本さんのこと、私はどこにも報告するつもりがありません。警察にもです。とはいえ、あの場で話を聞いていたほかの人が漏らすのを防ごうというつもりもありませんけど」

優しいのか、冷たいのか。

逸見は小さく頷いた。彗山の姿勢に不満はなさそうだ。

「あなたは決断力のある女性だと思うんです。ですから、ご自分で決めてください」

彗山はいう。逸見はこれにも頷いた。

もう一杯ずつ飲んだあと、二人は店をあとにした。運転があるので不狼煙は二杯ともジュースであった。パーキングエリアまでの道を歩きながら不狼煙は彗山に尋ねた。

「麻野さんにはどうします？」

「逸見さんにいった通りだ。放っておく。こういう性格の真相なら大丈夫だろう」

「そうですね……。私もほっとしています」

あくまでも、死者言葉の光景が未知であったゆえ、そこに麻野の敵意がクロスされたときの凶悪さもまた未知であったのだ。

しかしいまや、逸見という穏やかな女性が光景の中心に現れた。たとえば、彼女が麻野と組んで興信所潰しに加担するストーリーは考えにくい。

気が楽になった。今後の展開によっては、捜査協力が不充分であったことや遺体遺棄を見逃したことなどを麻野が批判材料に使うかもしれないが、その程度であれば彗山はかわしてくれるだろう。

いま、夜道を歩きながら、不狼煙は想像する――、愛しき職場の匂いを。使い慣れたパソコンを。北欧製食器を。ヴィヴィアン・リーとイングリッド・バーグマンのポートレートを。ついでに、不狼煙がこだわってシングルからダブルに替えたトイレットペーパーなんかもイメージする。そしてそれらすべてに対して思う――、これからもよろしく、と。

彗山の顔をちらりと見る。

――これからもげらげらと笑ったりして、楽しくやっていきましょうね。

口に出すのは恥ずかしいので、念じるだけにする。

彗山と目があう。

不狼煙は目をそらしたあと、ふと思いだす。

「――そういえば、十九時五十六分の呪文は？　あれはどのような形でこの真相を補完するんです？」

「歌詞だよ！　経太郎さんは車の中で一人で歌詞を読みあげて、これを歌っている逸見さんの姿を想像していたのさ。あのときだけじゃなくてときどきそういうことをやっていたんだろうな。――経太郎さんにあげた楽譜の曲名、さっき逸見さんが教えてくれたね？　あれを聞いて私の予想は確信に変わった」

「ああ……」

逸見が経太郎に楽譜をあげた歌。その曲名は『ＧＨＯＳＴ　ＳＯＮＧ』だ。

こういう曲名の歌なら、あのような歌詞が登場してもおかしくない。堅実そうな逸見のイメージとはギャップがある。経太郎が逸見に惹《ひ》かれた理由の一つはこうしたギャップだったのかもしれない。

11

エピローグ。九日後の日曜。

快晴、真夏日。

海岸界隈の大きな書店。その駐車場が待ちあわせ場所だった。

不狼煙が彗山をタンデムシートに乗っけてやってきたとき、すでに相手の姿があった。停めた車の横に立ち、缶コーヒーを飲んでいる男。千頭だ。

今日の目的は菱子のノート。哲学者菱子の〈私は死なない〉論の正体を知りたくてたまらない二人であった。

保険調査員のふりをして強引にノートまで辿りつくのが不可能であるとは限らない。が、普通に考えると不可能だ。

そこで千頭の力を借りることになった。千頭が生前の経太郎から菱子のノートについて話を聞いていたという体《てい》を取る。千頭が単独で経太郎生家を訪問して、ノートを借りる。近くで待機する不狼煙たちと合流し、共同で解読を進める手筈。

すでに千頭のほうから経太郎父母にアポは取ってある。

この一週間『SEED』でどのような動きがあったか、不狼煙たちは把握していない。だが千頭との電話から想像するに、経太郎と逸見の関係は千頭には知らされていないようだった。不狼煙が千頭に教えたのもノートの存在についてだけである。

バイクから降りた不狼煙。ヘルメットを取ったあと、千頭に向かって、

「今日はよろしくお願いします。暑いですね」

バイク運転の都合上、不狼煙は真夏日なのに長袖。地獄だ。

千頭は気さくな口ぶりで、

「いや、暑い暑い。こちらこそよろしくお願いします」

「本当にこんなことをお願いしてよろしかったのですか?」

「モチのロンです。この捜査に協力できること自体がぼくにとっての報酬のようなものですよ。高本の妹さんのこと、ぼくも興味あります」

半袖のポロシャツに浮かんだ汗。

千頭は右手に持った缶コーヒーで、乾杯のような仕草をした。

不狼煙は彗山と千頭を互いに紹介した。

挨拶もそこそこに、彗山がいう。

「では早速ですが」

「承知しました。やっぱり探偵さんに協力してよかったです。そうでなければいまこの場

に呼ばれていなかったのですからね」

千頭が頬を緩めてそういうと、彗山はつんとした表情で、

「収穫を得た気になるのはまだ早いです。いくら経太郎さんの親友だと嘘偽りのない身の上を主張したところで、菱子のノートを見せてくれるかどうかは怪しいものです」

「うまくやります」

千頭ならうまくやれそうだ。

三人は辺りを見渡す。待ちあわせのためにとりあえず本屋の駐車場を利用したが、立ちっぱなしだと熱中症になりそう。千頭が生家を訪問しているあいだ、不狼煙たち二人は昼食も兼ねてそば屋で待機することになった。

千頭は缶コーヒーを運転席のドリンクホルダーに置き、代わりにブリーフケースを小脇に抱える。車を施錠して経太郎生家のほうに歩きだす。書店に用もないのに駐車場だけ使う悪い大人だ。

不狼煙たちはバイクを転がし、そば屋に。

食事を終えたあと、不狼煙はテレビをぼんやりと見る。彗山はハンドバッグから文庫本を出して読書をはじめる。客は不狼煙たち以外にはいなかった。

やがて千頭が現れて、ざるそばを注文した。天ぷらのトッピングもつけた。

千頭はブリーフケースをテーブルの上に出した。

「菱子さんのノートです。明日返します。汚さないよう、お願いします」

ミッション成功。さすが。

「ご苦労様です。そばが終わったあとにしましょう」

彗山がいう。

不狼煙は千頭に訊く。

「もう読みましたか？」

「ざっと読みました。主旨も理解しました。あと、ご両親と話をするうち、妹さんの自殺が思っていたのと違うことにも気づきました」

彗山が目を細めて、

「思っていたのと違う、とは？」

「自殺ではなく、事故かもしれないということです」

「詳しく聞かせてください」

彗山がいうと、千頭はぽつぽつと語る。

菱子は海で死んだ。岬まで自分の意志で歩いていったのは間違いないらしい。しかしそこで足を滑らせて落ちた可能性があると、当時警察は遺族つまり広重たちにコメントした。要するに、岬の上で足を滑らせてしまったという事故なのか、自分の意志で海に飛びこんだという自殺なのか、その判断がつきがたい状況なのだ。

それでも菱子が自殺だと広重たちが思うようになったのは、菱子のことを、いかにも非凡なことをしそうな娘だと彼らがみなしていたからだった。自殺のことを非凡なことなどと表現するのは不狼煙には違和感しかない。けれども、先日熱心に死の話をしていた広重ならそういう表現を使ってもおかしくなかった。

「――自殺か事故か、ですか。白黒つけるのは難儀ですね」

彗山がいうと、千頭は頷く。

「ぼくもそう思います」

「私の好きな小説にスタニスワフ・レムの『捜査』という作品があるんですが、その中で主人公が奇妙な遊びをやるんです。まず駅で電車を待つ。電車が来る直前まで〈電車に乗るか乗らないか〉を決めておかず、電車が姿を現してからようやく考えはじめる。自分ははたして乗車しようとするのか、そうではないのか、どっちつかずの曖昧な気分になる。その結果、電車に乗るかもしれないし、乗らないかもしれない。どっちに転がるかを楽しむ、そういう奇妙な遊びです」

不狼煙は苦笑して、

「たしかに奇妙な遊びですが、わかるような気はします」

「妹さんもそうだった、と?」

千頭が訊く。彗山ははきはきと、

「電車の例とはもちろんべつです。しかし人間の意思決定とは繊細なものですから、自殺か事故かが当の本人にすらわからなかった場合もあるなと思ったんです」

「あるかもしれません」

このような話をしているうち注文の品が到着し、さらには空になった。

いよいよ、ブリーフケースからブツが取りだされた。古びて変色したノートだ。表紙には縦書きで〈高本菱子〉と小さく書かれているだけ。タイトルは書かれていない。ずいぶんな癖字だ。しかし今日とは時代が違う。もしかすると、このような癖字が普通だったのかもしれない。

千頭はノートをぱらりぱらりとめくりながら、

「日記の類ですが、妹さんがその日その日にどういうことをしたかはほとんど書かれていません。主には妹さんの思想がつづられています。でも本の感想もわりと多めです。本は小説ではなく哲学書のようなもので、妹さんがご自身なりに考察することも読書の延長行為なのかもしれません。ですから、敢えていうならこれは読書日記かもしれません。——ア、ここですよ。この日の手記に〈私は死なない〉という思想が登場します。なるほどな、と考えさせられましたよ、ぼくも。広重さんから聞きましたが、この日付は、妹さんが死ぬ一週間前のものだそうです」

千頭は特定のページを広げて、彗山のほうに向けて置く。ページが破れないよう慎重な手つきであった。

彗山は手をすりすりして、

「では拝見」

ノートを手にとらないままで黙読をはじめる彗山。彗山の身体にくっつき、覗くようにして不狼煙も黙読をはじめる。

手記は具体的には、

私は驚きの結論を得た。

ここに記す。


という書き出しではじまっている。

不狼煙は手記を読みすすめる。

はっきりいって読みにくい文章だ。

なんとも痛々しい、というのが真っ先に思ったこと。いくつかの本から影響を受けた結果がこれなのだろう。だが、ひたむきな考察に思春期のかわいさも感じられる。

具体的には次の通りだ——

私は驚きの結論を得た。

ここに記す。


死とは何か。

死没とは何か。

死没はどのような体験として私にやがて降りかかるのだろうか。


私がずっと考えてきたことだ。今も考える。

我思う、故に我在り。『方法序説』の訳本を読んでそう唱えるのは簡単だった。然《しか》し私は満足出来なかった。ここではデカルト先生に笑われることを覚悟しつつ「私」に頼って一層思索を深めたい。たとえその記録が十七の若者にありがちな青臭い思弁になってしまったとしても。読み返すに値しないどころか、赤面のあまりに読み返せなくなったとしても。

私自身の足で思索の道を切り開く限り、先生方の本を読んだだけの「賢い人たち」に笑われても平気であるから。


さて、死没に対座するのは生誕である。

幼い頃、人は詰まらない謎かけをして遊ぶものだ。然し詰まらない謎かけの中には示唆に富むものもある。例えば「あなたは死んだことがありますか」という謎かけだ。「死んだことなんてない」と答えるや否や、笑われる。「あなたは死んでいたことがあります。何故《なぜ》なら、生まれる前には死んでいたからです」

この解説は私の感覚にもよく合う。人には先《ま》ず「死んでいる状態」があり、次に生誕があり、次に「生きている状態」があり、次に死没があり、また「死んでいる状態」がある。

このため、死没を想像するためには生誕を思い出したらよい。

然し私は私自身の生誕を全く覚えていない。

この地点にて、私の思索の旅は長い間足止めになっていた。

ところが、私の生誕しなかった世界というものを考えることで、私は思索を前に進めることが出来た。そのことを今日は綴りたい。

私の生誕しなかった世界に於《お》いて、私は存在していない。その世界で私は何も考えていない。そういう世界は在り得た。然しここはその世界ではない。

私が死没したとしよう。死没を「考えること」との永遠の決別とするなら、その世界で私は考えることが出来ない。然し私は今考えている。よって、それもこの世界ではない。

私が何も考えることが出来なくなったなら、それはこの世界が消えてしまうのと同じである。この世界がこの世界ではなくなる。私が何も考えることの出来ない世界を、私は考えることが出来ない。何故なら、この世界ではない世界というのもまた結局世界に過ぎないからだ。

私のいない世界というものは存在しない。この「私」という主語は単に私高本菱子のことを指すのではない。誰にとっても「その人自身」がいない世界というものは存在しないのである。

では世界とは夢と同じものなのだろうか。夢の場合、夢見る本人が目を覚ました途端、全てが消える。夢の中に於いて王子様と結婚したとしても、目を覚ましてしまったなら王子様は存在しなくなる。王子様だけではなく、王様もお妃《きさき》様も城も全てが存在しなくなる。

現実の世界もこれと同じなのだろうか。

死没のときに全てが消えるのだろうか。

或《あ》る意味では「同じ」だが、私の感覚では「異なる」と思えてならない。夢と違って現実の世界は、現実の世界に存在する全てによって共有されている。夢は私だけのものだが、現実の世界は森羅万象のものである。そう思えてならないからだ。

然しそうすると、私の今見ている空や海が誰かの死によって消えないのは何故だろうか、という素朴な疑問が生まれる。この疑問こそが「私のいない世界というものは存在しない」という結論を愚かとする根拠にもなってしまう。

甲　世界は皆が共有しており、一つしかない。

乙　誰かが死ぬと世界が消える。

要するに、この甲乙が矛盾する。

だが矛盾を解消するための考え方がある。

私が驚きの結論と呼んだのは、その考え方のことだ。他ならぬ、近年科学者たちの注目を集める「多世界解釈（many-worlds interpretation）」である。

観測者が死没するかどうかで世界が終わるかどうかという観点は「一人の観測者という小さな規模」に「世界という大きな規模」を接続する点で多世界解釈の考え

方と近い。だからこそこの二つを結びつけて考えることに妥当性がある。

今ここでサイコロを振って1が出たとしよう。これを「サイコロを振って1が出た」と考えるのではなく、「観測者は《サイコロを振って1が出た世界》に進んだ」と考える。つまり「《サイコロを振って2が出た世界》や《サイコロを振って3が出た世界》なども並ぶ中で、その内の一つである《サイコロを振って1が出た世界》に進んだ」と考える。これが多世界解釈だ。

この考え方を採用し、「Aという人物が死んだ」という事象をそのまま「Aという人物が死んだ」と考えるのではなく「観測者は《Aという人物が死んだ世界》に進んだ」と解釈してはどうだろうか。

Aは《Aという人物が死んだ世界》を観測することは出来ない。観測することが全く出来ないのであるから、Aの感覚に於いては《Aという人物が死んだ世界》は存在しないも同じだ。

見方を変えると、Aはあくまでも《Aという人物が死んだ世界》以外の世界のみに進み続けることとなる。

つまり、Aは《Aという人物が死なない世界》にしか存在しない。《Aという人物が死なない世界》でAはずっと生き続けるのである。

Aという人物には「あなた」や「私」を代入してもよい。

私は、死なない。

私、高本菱子は、死なない。

高本菱子は《高本菱子が死んだ世界》以外の世界に生き続ける。もしも誰か、例えば「あなた」が高本菱子の死没を直接なり間接なり観測したとしても、そのことは「高本菱子が死なない」ことと矛盾しない。何故なら、あなたが高本菱子の死没を観測したという事実は単に「あなたは《高本菱子が死んだ世界》に進んだ」ことを示すに過ぎないからだ。《高本菱子が死んだ世界》以外の世界に、高本菱子は生きている。

高本菱子があなたの死没を観測したとした場合は逆の話だ。「高本菱子は《あなたが死んだ世界》に進んだ」というのが正しい解釈であり、あなたは《あなたが死んだ世界》以外の世界で生き続けている。

私、高本菱子は、死なない。

驚きの結論と呼ばずにはいられない。

この考えは「私がこの世に生まれてきた奇跡」を私自身が考えるときにも役立つ。「あなたがこの世に生まれてきた奇跡」をあなた自身が考えるときにもだ。

あなたはこの世に生誕すべくして生誕した。何故なら《あなたが生誕しなかった世界》とは《あなたが死んでいる世界》と同じであるから、あなたにとっては存在しないものなのだ。あなたは《あなたが生誕しなかった世界》に進むことは出来なかった。あなたには《あなたが生誕した世界》に進むという道しかなかったのだ。だからいま、あなたは生きているのである。

このあなたを「宇宙」に置き換えてもよい。宇宙には《宇宙が生誕した世界》に進むという道しかなかった。だから今、宇宙があるのだ。

だから私は生きているのだ。

人は死なないのだ。

全ての存在は存在し続けるのである。

追記：この驚きの結論について近々実験してみようと思う。

——と、菱子の手記はこうであった。

長かった。そのうえ読みにくかった。しかし読み切れた。たしかにあとで他人に要約して伝えることの難しい思想だが――おおむね理解はできたと思う。

結論の土台となる多世界解釈というのは、今日ではパラレルワールドという用語のほうで知られている概念だろう。コインを振ることで〈コインを振って表が出た世界〉と〈コインを振って裏が出た世界〉のどちらに進むかが決まる。つまり宇宙の歴史は横道のない線路ではなく、いくつもの分岐がある線路。ほかの線路にはほかの宇宙がパラレルワールドとして走っている。量子力学のことはよく知らない不狼煙だが、フィクションを通してパラレルワールドとはそういう考えかただと思っている。菱子の多世界解釈もこれと同じものであるようだ。以前、広重は菱子の理論について〈メニーなんとか〉という言葉を口にした。これは〈many-worlds interpretation〉のことだったと考えられる。

不狼煙はノートから目をあげて、彗山の顔を見る。

彗山はすでに読みおえていたようだ。手もとのコップに入った水面を見つめて、何か考えている。不狼煙は千頭の顔も見る。千頭は彗山のほうを見ており、彼女の言葉を待っている。

二人が待つ中、彗山の口が開く。

「多世界解釈というのは量子力学にもとづく考えかたです。また、宇宙が存在しているのはわれわれが宇宙を観測しているからだ――という考えかたも、私は物理学者の著書で読んだことがあります。その考えかたはときに〈人間主義〉と呼ばれます。菱子の主張はこの〈人間主義〉を宇宙ではなく個人にあてはめたものとみなすことができますね」

千頭は反応する。

「物理学なんですか？　哲学じゃなくて？」

「物理学も哲学も根っこは同じですよ。人知では理解できそうもない世界のメカニズムを、人知でかろうじて理解できるモデルに落としこもうという試みです」

「しかしですよ、しかし——妹さんの手記には〈だから私は生きているのだ。人は死なないのだ〉という結論があります。人間がずっと死なないというのはおかしな話ではありませんか？　ぼくらはみんな不死身なんですか？　この結論はおかしい」

「一見すると、たしかにおかしい。しかし——案外正しいのかもしれません。菱子のいう通り、人はみな、〈自分の死んでいない世界〉に進みつづけているのかもしれません」

「三百年経っても、一万年経っても？　いくらなんでもばかげた空想でしょう」

「ばかげた空想かもしれません。けれどもばかげた空想が現実と一致しない保証はどこにもありません。なんといっても〈いま、自分が生きている〉というこの状態がそもそも〈あたかも〉ばかげた空想であるかのように奇跡的であるのですからね。生殖細胞の無数の組みあわせの中から自分を形成するための組みあわせが実現された？　自己複製する化学物質が何世代も何世代も自己複製しているうち、文字を作ったりピラミッドを作ったりする化学物質つまりヒトになった？　世界はもともと無であったけれども、なぜか今日のような物質やエネルギーを持つ宇宙となった？　すべてがばかげています！　三百年経っても一万年経っても〈観測者〉は〈観測者の生きつづけている世界〉に進み続けている、というのもたかだか同じくらいにしかばかげていないのでは？」

千頭は唸る。納得した表情ではないが。

「なるほど、世界とは不思議なものですな」

「菱子はかなりの読書家であり、生粋の哲学者だったんだと思います。この点に私は舌を巻きましたよ。文章こそ幼稚ですが、内容は光っています。というのも、これが書かれたのはいまから三十年くらい前。当時こうした体系を早々と脳裏に描けるというのだから、海外の文献をいくつか原文で読んでいたのかもしれません。下手なインテリよりもずっと先進的です。たとえ自殺だろうと事故だろうと――死者菱子に敬意を表したい思いです」

いいものを読ませてもらった、という顔だ。

不狼煙はもう一度手記に視線を落とす。〈追記：この驚きの結論について近々実験してみようと思う〉という言葉を見る。顔をあげ、千頭に確認する。

「この手記を書いた一週間後に、菱子は海に身を投げたんですか？」

千頭は答える。

「あるいは、足を滑らせて海に落ちたか、です」

不狼煙の口から思わず感想が出る。

「たぶん……、事故ですね」

「どうしてです?」

「いや……、なんとなくですが……」

「そうですか……、事故ですか」

感覚的なことだが――この手記には〈自分の命を賭けた実験を行う一歩手前でやめておこう〉と考える余裕が見え隠れしている。文意もさることながら、菱子の手書き文字の形にも余裕が表れている。不狼煙にはそう感じられてならなかった。

不狼煙は訊く。

「彗山さん、どう思います?」

「さっき話した通りだよ、レムの『捜査』の一節みたいなものではなかろうか。こういう死生観を書いたという事実が背景にあったらなおさらだ。意図的に海に落ちたか、うっかりと足を滑らせたのか、本人にもわからなかったんじゃないかな」

見方によっては冷酷とも表現されそうな視線を、彗山はノートに落とす。

彗山と不狼煙は念のため、ノートのほかのページもざっと確認する。ほかは主に哲学書の感想文であり、先ほどのもの以上に彼女の死に関係ありそうな箇所はなかった。死の当日もただの感想文だ。このことで、不狼煙の中では事故説がますます濃厚になった。

もしも死者言葉の謎をある種のパズルとみなすなら〈なぜおかしな会話が録音されていたか?〉〈筆談だったから〉という問答のペアではなく、こっちのほうだと不狼煙は思う。すなわち〈なぜ菱子は、私は死なないといったのか?〉〈観測者は観測者の生き続けている世界に進み続けている、と考えたから〉という問答のペアだ。多世界解釈の応用こそが死者言葉の真相であると、そう考える不狼煙であった。

事実、私は死なないという不気味な発言があったからこそ、筆談というあまりにも常識的な光景が不狼煙に見えづらくなっていた。そこにオカルトストーリーがこびりつく余地が生まれてしまった。

以前、広重から〈多くの人はあの世を信じている〉という独特な死生観を聞いたあとと似たような心地だった。自分はいつか死ぬ。そのことについて自分ももっと考察しておいたほうがいいのかもしれない。

自己の死とはなんなのだろう? どのような体験となるのだろう?

自分が生まれたことは奇跡か、必然か？

地球でヒトが誕生したのは奇跡か、必然か？

宇宙が存在しているのは奇跡か、必然か？

自分は本当に死ぬのか？　自己の誕生を覚えていないことの気持ち悪さ、これは死を想像するときの気持ち悪さと同根のものなのだろうか？

気になる。しかしいくら気にしても、いくら考えても、安心のできる答えは得られないような気がする。不狼煙は頭が重くなるのを感じた。

一体、みんなはこのことをどう考えているのだろうか。

どうやって生きているのだろうか。


死とは何？


死んでしまった高本兄妹に体験談を聞きたい、という思いもある。

しかし聞くことはできない。


なぜなら。

なぜなら、死者と言葉を交わすことはできないからだ。

そば屋を出る三人。

千頭の車もそば屋の駐車場に移されていた。千頭は車に乗りこみ、彗山は不狼煙のバイクに歩み寄る。不狼煙は千頭の車の傍に駆けよる。千頭が窓を開けた。

小さく頭を下げる不狼煙。

「今日はどうもありがとうございました」

「こちらこそですよ！　おかげさまで、以前に高本が口にしたとかいう〈人というものは死んでも死なないのかもしれない〉や〈死んで無になるという考えは間違いだ〉などの発言の真意もわかりましたよ。高本は妹のこの理論、多世界解釈と死の関係についてイメージしていたんですね」

「でしょうね」

ブルルル……。エンジンをかける千頭。手もとのボタンを押すと、車内に曲が流れはじめた。運転をしているときにBGMを流すタイプの人間と見える。

やんわりとしたムードの歌謡曲。

そういえば千頭の趣味がどういうジャンルの音楽なのか、まだ聞いていなかった。そんな思いが表情に出たのだと思う。千頭は不狼煙に向かって片眉をつりあげた。

「この歌、知っています？」

「いえ……。千頭さんはこういう歌がお好きなんですか？」

「ぼくは雑食です。なんでもいいんです、ははは。でも今日は妹さんのノートを通じて、高本の考えに近づける日でしょう？　だから『SEED』絡みの曲を流しながら車を走らせてきたんですよ」

「『SEED』絡みの……」

「ほら、真空ちゃんのマネージャーさんに逸見さんっていますよね。あの人、ご病気で声が出なくなるまで歌を歌っていたんです。それがこの歌。『GHOST　SONG』っていうタイトルなんですけど」

「あっ……」

これが『GHOST　SONG』。

そうか……。思わず感慨に耽《ふけ》る不狼煙。

ただ、感慨に耽るばかりではない。芋づる式に思いだす。『GHOST　SONG』といえば、十九時五十六分の呪文を解釈する重要なファクターだ。

歌詞を確認したい。

不狼煙は車の中に乗りだすようにして。

「あの、これって、歌詞カードは？」

「ありますよ」

といって、千頭は助手席の荷物を漁りだす。そのあいだに彗山がやってきた。挨拶がなかなか終わらないのにしびれを切らしたのだろう。不狼煙は小声で説明した。

「この歌、逸見さんの『GHOST　SONG』らしいです」

へえ！　彗山が声をあげる。

千頭、歌詞カードを車の窓越しに不狼煙に手渡す。どうして興味を持ったのか、追及するそぶりはなさそうだ。彗山と不狼煙は汗ばんだ頬と頬をくっつけるぐらい近づいて、歌詞カードを読む。――やがて彗山が真剣な声で千頭に訊く。

「逸見さんの歌って、これ以外に何かありますか？」

「どうしましたか？」

「いえ、ちょっと……」

「ありませんよ。だって逸見さんはその一曲しか出していませんから」

「そうですか……」

歌詞カードは千頭に返却された。

別れの挨拶を互いに済ませたあと、車の窓が閉まる。車が走りだし、二人の視界から消えた。車の消えた方向に目を向けたまま、不狼煙は思いを言葉にする。

「どういうことです？　あんな歌詞、ぜんぜんないじゃないですか」

件《くだん》のフレーズ――〈あらわれよ、霊の世界〉と〈あらわれよ、死者の世界〉。そのどちらも『GHOST SONG』にはない。

というのも『GHOST SONG』の歌詞とは、ずっと愛する人の傍にいたいという女性の思いを守護霊の隠喩を使って綴ったものであった。だが〈守護霊〉という単語も直接には出てこない。出てくるのは〈あなたを大切にします〉〈ときどきふりかえり、私のことを見てくださいね〉などの優しいフレーズばかり。たしかにこれはこれでとらえようによっては怖いのかもしれないが、しかしながら〈あらわれよ〉も〈霊〉も〈死者〉も一切出てこないのだ。

彗山はつぶやく。

「少なくとも〈逸見さんの歌の歌詞を読みあげていたのが、十九時五十六分の呪文の正体である〉という私の仮説は、間違っていた……」

「じゃ、どういうことです?」

12

興信所。彗山と不狼煙の二人きり。

十九時五十六分の呪文とはなんなのだ？

落ち着かない。

経太郎がしゃべって逸見がホワイトボードに文字を書いていた、という光景が死者言葉の謎を説明してくれたんじゃなかったの？〈私は死なない〉といういかにも怪しい菱子の言葉も、あくまでも哲学的な話にすぎなくて、オカルト的な意味ではないと判明したのでは？　それなのに……、いまさら十九時五十六分の呪文を説明していた仮説が否定されるなんて。

彗山はいつもの習慣でコーヒーの用意をはじめる。

「いや何。私の仮説が否定されたというだけだ。まだオカルトに頼らねばならない段階ではない」

「ほかに何か仮説を立てることができますか？」

「まだできていないけど……、いや不狼煙、お前も考えろよ」

彗山がコーヒーを待っているあいだ、不狼煙はパソコンにかじりついた。証拠となる録音データ。チビスケもとい盗聴器が釣りあげてきた貴重品。あれをまた聞きたいという、衝動にも似た気持ちがあった。

十九時五十六分の部分を再生する。

経太郎の声がする。

あらわれよ、霊の世界。
あらわれよ、霊の世界。
あらわれよ、霊の世界。
あらわれよ、死者の世界。
あらわれよ、死者の世界。

これは一体、なんなんだ?
時間指定。もう一度、聞きかえす。

あらわれよ、霊の世界。
あらわれよ、霊の世界。
あらわれよ、霊の世界。
あらわれよ、死者の世界。
あらわれよ、死者の世界。

わからない、わからない、わからない。

菱子は哲学者だった。しかし経太郎。お前は霊能力者だったというのか?

不狼煙がそんなことを考えていると。

再生しっぱなしのスピーカーからいっそうおかしな音が流れはじめた。何か和風テイストの音楽だ。前に聞いたときにはこんな音は録音されていなかったのに!

何これ、と口にしようとした矢先、スピーカーから別の声も流れだす。

女の人の声で、

さあ、私といっしょにクニへ帰りましょう……。さあ、すぐに……。


「!」

不狼煙の背中をいやな汗が伝う。

声は一度だけでなく、不可解なBGMとともに何度もリピートされる。


さあ、私といっしょにクニへ帰りましょう……。さあ、すぐに……。

さあ、私といっしょにクニへ帰りましょう……。さあ、すぐに……。

高本菱子！

クニとは――あの世のことか！

窓ぎわから、ガシャンという音がする。見ると、彗山が立ちあがったところだった。コップがテーブルから床に落ちて割れた音であった。

「なんだよ、その声！」

彗山、目を白黒させている。

不狼煙はスピーカーの音量に負けないよう、声をはりあげて、

「私が知りたいです。前に聞いたときはこんな音楽も声も録音されていませんでしたよね？」

頭からデータを洗いだしたとき、彗山も傍にいた。

助けて、助けて、彗山さん！

だが不狼煙同様、彗山も声をはりあげて、

「なんだ、何が起こっているんだ！」

「だから、私もそれを知りたいんです！」

彗山は頭をかきむしる。

「ああ、私は……！　私は、何か大きな勘違いをしていたのかもしれない……！」

彗山の足もとではコーヒーの黒い溜まりが広がりつつあった。

菱子の言葉が、いやがおうでも脳裏をよぎる。

私は、死なない。

私、高本菱子は、死なない。

スピーカーはまだ静かにならない。

さあ、私といっしょにクニへ帰りましょう……。さあ、すぐに……。

さあ、私といっしょにクニへ帰りましょう……。さあ、すぐに……。

不狼煙はその場に倒れそうであった。好奇心は猫をも殺すという西洋のことわざを思いだす。

「いやです、もうこんなのいや！　菱子のことなんて、深追いしないほうがよかったんですよ！　もう、もういやです！」

第三幕

玄関、リビング、ベランダが不狼煙の掃除スペース。洋室とＤＫが彗山担当。掃除には掃除機と使い捨ての雑巾しか使われない。不狼煙は下宿ではゴム手袋や柄モップを使っているが、そういう代物は何度も使いまわすことになるから逆に不衛生だというのが彗山の頑固な主張であった。主には逆らえない。なので掃除機を使うときにはべつにいいのだが、雑巾を使うときには、膝立ちになって直接手で雑巾を扱うことを我慢しなくてはならなかった。

森川智喜『死者と言葉を交わすなかれ』

ちなみに〈Ｅ〉の編集モードを使えば録音データを切り貼りできる。つまり話し相手の声だけ削ったり、まったくの無音のところに経太郎の声だけを貼ったりすることはできる。

同書

そのあとはトイレに。ピカピカの便座に腰かけて休憩。トイレットペーパーは従来シングルだったが、いまはダブル。ダブル派の不狼煙が彗山に思いを語ったところ、彗山が感化されたのであった。こんなところにまで思い出がある。

同書

興信所の部屋割りは玄関、リビング、洋室、DK、トイレ、それにリビングの外のベランダ、以上。

同書

「これで入詛塩定の除霊は済みました。しかしながら、ただ、正直にもうしあげますと……」

「はい？　なんでしょうか」

「これは、ちょっと、い、い、い、い、いくらなんでも……」

「え……？」

陣内は彗山と不狼煙の顔を交互に見ている。何かをいうかいわないか、迷っている表情に見える。動揺の色も。

同書

不狼煙はふとベランダを見やる。
〈反省〉が目に入った。
まーたぼうっとしているぞ、私！　しっかりしなくちゃ。

同書

彗山は性悪女なのである。

同書

忘れてはならない、彗山とは凶悪な人物なのだ。

同書

これからもげらげらと笑ったりして、楽しくやっていきましょうね。

同書

1

平成から令和。改元の記憶もまだ新しい冬。

ＪＲ呼塩駅近くの個室居酒屋。

予約しておいた店である。

下垣内泰基《しもがうちやすもと》が掘りゴタツの中で貧乏ゆすりをしていると、引き戸が外からノックされた。返事をすると、引き戸はゆっくりとスライド。

現れた女性がいう。

「こんにちは、下垣内さんですか？」

下垣内は膝立ちになり、

「はい、そうです」

「どうもですぅ。不狼煙です。遅れてすみません」

不狼煙さくら。

下垣内と同じ四十代。肩より下まで伸びた髪。赤い口紅。金色のネックレス。ニットの服。左手の薬指に指輪。およそ三十分の遅刻。

不狼煙、座布団の上に座る。

下垣内は手もとのボタンを押す。メニュー表を指さして、

「この真鯛《まだい》コースというのでいいですか？」

「あ、どうもどうもです。私はなんでも」

「お酒のほうは？」

「車の運転があるので遠慮させていただきます」

外から、失礼します、という店員の声。開けて、下垣内は真鯛コースを注文した。二人ともドリンクにはノンアルコールビール。店員は引き戸を閉めた。

下垣内は文学博士号を持っており、専門は社会心理学。過去には大衆向けの新書を一冊出したことがある。しかしそれ以外には目立った活動経歴はない。アカポスの椅子取りゲームに疲弊したこともあって、三年前、出世コースからは自主的にドロップアウト。いまは主にウェブや雑誌で記事を連載。および、関西を中心に二、三の大学で講義を担当して生計を立てていた。ただ、今度二冊目の新書を出す運びになっており、そのための調査に時間をやりくりしている。

予定されている二冊目のタイトルは『死者の暮らし』。

今日取材に協力してくれる不狼煙は、十年以上にわたって興信所で働いてきた女性だ。引退後に『ホンモノの探偵が出会ったおかしな事件たち』という新書を著した。正直なところ売れた本とはいえないが、下垣内の蔵書の一冊である。これには訳があって、というのも、同書の版元は下垣内の一冊目の新書と同じ貝殻出版という会社であったため、たまたま書店で下垣内の目を惹いたのであった。社会心理学の一分野としての犯罪心理学に、下垣内はかねてより専門的な興味を持つ。探偵のリアルな体験から何か学べればという思いで不狼煙の本をレジに運んだ。

しかして読後、同書に記された事件について詳細を知りたくなった。著者にも会いたくなった。執筆中の『死者の暮らし』のテーマとも深く関係する。何章かを費やして論じたくなった。

不狼煙の本はそのタイトルから予想される通り、不狼煙の関わった実際の事件をいくつか紹介する本だった。関係者の氏名はイニシャルや仮名《かめい》で記されている。下垣内が詳細を知りたいと思ったのは、そのうち死者言葉事件と呼ばれるものであった。

不狼煙は死者言葉事件に二十ページ以上割いている。

事件のあらましは次の通り——。

夏のある日、不狼煙の働く興信所に女性から依頼が入る。最近夫（以下、K氏）の夜の帰りが遅いから素行を調査してくれという依頼だ。調査の手段として車に盗聴器がしかけられることになった。ここまでは興信所にとってよくある話だった。しかしいざ車から盗聴器を回収しようとした矢先、K氏が心臓麻痺で死んでしまう。

死亡現場は車の中。車は墓地の近くに停まっていた。

これだけでも不気味だが、ここからが本題。不狼煙が上司といっしょに盗聴器のデータを確認したところ、いよいよ不気味なデータが出てきた。K氏は心臓麻痺で倒れる直前まで〈ハルナ〉という人物と会話をしているのだが、そのハルナとやらの声がいっさい入っていないのだ。調べてみると、ハルナとはK氏の妹であり、すでに故人となっていた。自殺で命を落としたらしい。ハルナの眠る墓地とは、ほかならぬ現場近くの墓地であった。

K氏はハルナ相手に〈そっちの世界にいるハルナを見たいと思っている〉〈そっちの世界に完全に行ってしまうわけにはいかない〉などと語りかけている。さらに心臓麻痺の数時間前には〈あらわれよ、霊の世界。あらわれよ、霊の世界。あらわれよ、霊の世界。あらわれよ、死者の世界。あらわれよ、死者の世界〉という、K氏の声による不気味な呪文が録音されていた。

その日、K氏はあの世の妹と交信したのではないか？ そうして、あの世にひきこまれて絶命したのではないか？ 不気味な謎を解明しようと、不狼煙は上司とともに調査する。

調査により、K氏は生前、バーの女性I氏と密会をしていたことが判明。

I氏の名は偶然にもK氏の実妹と同じハルナであった。I氏は腫瘍摘出手術を受けたことがきっかけで、しゃべる力を失っていた。つまりK氏の声しか録音されていない不気味な会話とは、なんのことはない、I氏の筆談との会話だったのである。

また、I氏は手術前まで歌手であった。〈あらわれよ、霊の世界。……〉というお騒がせな言葉はおそらくその歌の一節であり、K氏はそれを一人口ずさんでいたのだと思われる。おまけにハルナの死はよく調べてみると、自殺ではなく事故であった。

これにて一件落着……と、一時はそう解釈されたが、すぐに新事実が判明する。I氏が歌手時代に歌った歌は一曲だけであり、そこには〈あらわれよ、死者の世界。……〉の一節など登場しないのである。

ではどういうことだろう？　あの呪文は一体なんだったのか？　と、件の録音データをもう一度聞きはじめたとき、不狼煙は強いショックを受ける。なぜなら、本来入っているはずのない音声がそこに入っていたからだ。女性らしき声で〈さあ、私といっしょにクニへ帰りましょう……。さあ、すぐに……〉というフレーズ。これが何度もリピートして録音されていた。おまけにバックには何かおどろおどろしい音楽まで流れている。前に確認したときにはこんなおかしな音声など入っていなかった。

やはり、ほかの誰でもない妹ハルナの霊が悪さをしているのではないか？　不用意に深追いした興信所もまた呪われてしまったのではないか？　不狼煙はあまりの気味悪さに震えあがる…………のだが、その後、とあることが判明して死者言葉事件に真の幕が降りる。

読んだとき、下垣内は驚いた。

本当にあんなことがあったのか？

現実の出来事なのか？

このようにして今日——不狼煙との会食に至るのであった。ただの一読者ならばここまではしない。専門家としての研究欲が下垣内にただの一読者以上の行動力を与えた。

しかしそうはいっても、不狼煙は死者言葉事件の暴風域にいた存在。このような人物と会って言葉を交わすことで自分に害が及びやしないだろうか。自分はそもそも、平静を失わずに会食を終えられるだろうか。それらの恐怖は、やはりある。

かすかな手の震えを抑えながら、下垣内は適当な挨拶を交わす。店員がふたたび現れて、テーブルの上にグラスと皿を並べる。皿には海鮮料理や枝豆。店員の姿は消えた。

早速、箸を進め、話のほうも進めていく。

「——それで、メールにも書かせていただいたんですけど、ぼくがお話を聞きたいのは死者言葉事件のことなんです」

「はい、はい」

「まず確認したいんですけど、あれって本当に本当の話なんですか?」

訊くと、不狼煙は笑った。屈託のない笑み。

「掛け値なし、本当に本当ですよ。妹の名前は変えときましたけど。ハルナという名前を使いましたが、本当はリョウコです」

そこは重要な点ではない。たしかにI氏と名前が偶然同じだという展開があったので、いかにも人口の少なそうな読みの名前を仮名に使われると違和感があっただろう。でもハルナならリョウコと同じでそう珍しくはない。

　下垣内は問いを続ける。

「上司というのも、実在のかた？」

「実在します。序文にも書きましたけど、あの人まだ探偵をやっているんで、実名出されるのはちょっと迷惑かもしれないって思って匿名で扱いましたけどね。でも、ある程度出版企画が進んでから本人に話を聞くと〈名前出してくれてよかったのに〉ですって！　書きなおすの面倒だったんで匿名のままにしましたけど」

　著書において不狼煙は幾度となく上司のことに触れているが、それにはずっと〈上司〉という表現が用いられている。この上司は単なる上司ではなく、不狼煙が勤めていた小さな興信所の設立者であり、本来なら上司というよりも雇い主と呼ぶべき立場の人物。ベネチア国際映画祭で評価された作品のＶＨＳを興信所に並べているなど、プライベート寄りのエピソードは書かれているが名前は書かれていなかった。

「上司さんとは、いまでも交流が？」

「私が結婚して退職したあともわりとよく遊んでいます。下垣内先生、今日は電車をご利用でしたか？　駅のこっち側の出口を出ると、介護施設の看板があったんですけど、わかります？　あの介護施設の看板がある交差点を通るとき、左のほうに〈彗山興信所〉という看板が見えたはずなんですけど」

「電車で来ましたし、そこは通りましたが、すみません、気づけなくて」

「いいえ、小さい看板ですから。でもその彗山興信所っていうのが、私の働いていた興信所です。上司の名前も彗山。ずっと場所が変わっていないんですよ」

彗山にもあとで話を聞いてみようか。

いや取材は不狼煙だけで充分かもしれない。

なんにせよ、不狼煙を敵に回したくない。どういう姿勢で話をすればいいのだろうか。

下垣内は迷いながらしゃべる。

「不狼煙さんの本を読んでいるといろいろと映画の話が出てきて、不狼煙さんと彗山さん、本当に映画が好きだったんだとよくわかります」

まずは世間話チックなところから。

「ええまあ、映画はいまも好きです。いまでも彗山といっしょにときどき映画館行くんです」

「文章のほうもなんだか映画っぽかったです。まるで探偵映画のようでした」

リップサービス。

「えー、そうですか？」

うれしそうな不狼煙。

「臨場感がありました。あと、マネージャーと妹が同じ名前ということで一件落着、と思わせてからの展開も映画っぽくて。録音データに不気味な声が入っていることで、これまでのすべてがひっくりかえるのかと思わせる展開──」

「あはは。べつに、なんにもひっくりかえらないんですけどね」

「結局、筆談だった、と。そこは変わらないわけです」

「真相としてはつまんないですよね」

「でも筆談という解釈だけでは〈あらわれよ、死者の世界〉やら〈さあ、私といっしょにクニへ帰りましょう〉やらの呪文を説明できなかった。とくに後者の呪文は前に確認したときに入っていなかったデータであって、どこからやってきたのか、皆目見当がつかない。そうやって混乱したところで彗山さんがさらなる真相をつきとめた、と」

「──そうです」

「要するに、映画だったんですね」

不狼煙は頷く。

「はい。興信所のベネチア国際映画祭コーナーのＶＨＳから音声を拾ってきただけ」

「なんという作品でしたっけ」

「『雨月物語』」

「それです、それです。ぼくはまだ観たことがなくて。たしかモノクロで、かなり古い作品ですよね」

「五〇年代ですからもちろんモノクロです。『雨月物語』は銀獅子《ぎんじし》賞を獲って、世界的に高い評価を得た作品なんですよ」

「銀獅子賞っていうのは、イタリアの賞でしたね」

不狼煙の本にはそういう説明も書かれてあった。

「そうです、イタリアです。ベネチア国際映画祭最高賞の金獅子賞に次ぐ賞で、つまりオリンピックでいうと銀メダル。ただ『雨月物語』が銀獅子賞を受賞した年、金獅子賞は該当作なしとなりましたから、事実上最高評価を受けた作品ともいえます。といっても銀メダルと違って銀獅子賞の受賞作は複数作あるんですけど。彗山はベネチア国際映画祭の批評眼にかなり信頼を置いていました」

「彗山さんって一度観た映画のセリフ、全部覚えているんですか?」

不狼煙の本にはこう書かれてあった。

興信所が呪われちゃった! もう駄目だ! 呪い殺される! 私と上司はパニックになっちゃいました。でもすぐに上司が冷静になって「あれ? ちょっと待って」とポツリ。「なんですか?」「これ、『雨月物語』の京マチ子じゃねえか?」

「まさか。全部は覚えていませんよ」

と、不狼煙は答える。

たしかに『雨月物語』の内容を一切知らなくとも、職場のビデオから音を拾ったのではないかという推測は充分に立つ。『雨月物語』は有名な作品のようだが、無名のアマチュア作品を音源にしても同様のからくりが成立しただろうし、その場合ですら、からくりの可能性に気づける人はいるはず。

とはいえ、不狼煙は述べる。

「ただ、この映画はわざわざビデオを興信所に置いていて、何度か繰りかえし観ていましたし、そもそもそのシーンは有名なシーンなんです。私も彗山の指摘を聞いて、あっと気づきましたよ。まだご覧になっていないんですよね？　展開やオチを知ると魅力半減するタイプの作品ではないので心配無用かもしれませんが、それでも、あんまり具体的な展開を知って興ざめになるとよくないでしょうから、ほのめかす程度の説明に留《とど》めますと――」

などと述べつつ、不狼煙は息を荒くして、

「――このシーン、京マチ子演じるお姫様が主人公の男を妖しく引きとめようとするシーンなんです。『雨月物語』は江戸時代に書かれた怪談をもとにした作品ですし、その意味では、平成のJホラー文化の下地を強く感じる名シーンともいえるんですよ。京マチ子の出演シーンって単純に時間だけを見ると、そこまで多くもなかったと思うんですが、主人公を誘惑するふしぎなお姫様という役柄と京マチ子の怪演がマッチして観客を一気に持っていくのが凄くて。お話も感動的で普通に感涙マックスです」

熱い……。でもさすがに映画の話はもういい。本題はべつだ。

不狼煙の本では、

「ってことは、興信所にあるビデオから映画の音声を切りだして、盗聴器のデータに一部上書き保存しただけじゃん」「うーわー」「もしかして、あらわれよ霊の世界とかあらわれよ死者の世界とかっていうあの呪文も？」「でもあれはK氏の声でしたよ？」「じゃ、盗聴したK氏の声を編集したんじゃない？」「まさかー」はい、そのまさかでした。上司、ビンゴ。調べてみるとK氏の声を切り貼りしたものだとわかったんです。

という具合に続く。下垣内は不狼煙に訊く。

「〈あらわれよ霊の世界〉などの呪文は、K氏の声を切り貼りして作られたんですよね？これって具体的には……」

「えーっとですね——ああ、そうだ——本を書くために調べなおしたメモを私、一応今日持ってきたんですよ。えーっと……」

バッグから取りだした手帳を見ながら、不狼煙はいう。

「〈怠けているんだか、働いているんだか、おれにもよくわからん。でも年々疲れが取れにくくなっていることに加齢がはっきりあらわれている〉〈へえ、そっちの世界もそっちの世界でなかなかたいへんなんだな〉〈おれはうだつのあがらないつまんないサラリーマンで、結局、ずっと同じ支社勤務だけで人生を終えそうだがね〉。こういうK氏の言葉がもともと録音されていたんです。改竄なしの生データとしてです」

不狼煙の本の中では、K氏の録音データはざっくりとしか記述されていない。

「その音声を組みあわせると、件の呪文になる、と?」

「なります。〈あらわれよ霊の世界〉の〈あらわれ〉は〈はっきりあらわれている〉の〈アラワレ〉。〈霊〉は〈加齢〉の〈レイ〉。〈の世界〉は〈そっちの世界〉の〈ノセカイ〉。〈あらわれよ〉の〈よ〉はどこからでもいいんですが、〈よくわからん〉の〈ヨ〉からでしたね。〈あらわれよ死者の世界〉もほとんど同じですが、〈死者〉に〈支社勤務〉の〈シシャ〉が使われました。実際、こうやってアタリをつけて音声データを聞き比べると疑いようのないことでした。イントネーションまでどんぴしゃでしたから」

「なるほど」

とくに〈アラワレ〉と〈シシャ〉のところでイントネーションがあまりにも同じであることに不自然を感じられそうだ。

くっだらないですよね。当時はまだカセットテープもいまほど過去のものとはされていませんでしたが、犇山は音声データのみの保存を積極的に業務に導入していたんです。ですから盗聴器の音声データはパソコンで簡単に切り貼りできたんです。いまでも覚えています。キーボードの〈E〉を押すだけで編集モードになったんです」

まとめると、死者言葉の謎とは、主に三段階の構造を持っていたことになる。

○第一段階○
出現タイミング＝盗聴器回収直後
謎＝K氏の話し相手の声が聞こえないのはなぜ?
真相＝話し相手が筆談をしていた

○第二段階○
出現タイミング＝第一段階の真相が判明する直前
謎＝K氏の声による〈あらわれよ霊の世界。……〉の呪文は何を意味する?
真相＝K氏の音声を使ってデータが改竄されていた

○第三段階○

出現タイミング＝最後
謎＝何者かの声による〈さあ、私といっしょにクニへ帰りましょう。……〉の呪文は何を意味する？
真相＝映画のビデオを使ってデータが改竄されていた

ややこしいことに、第一段階の謎が出現したときには第三者がデータを改竄する時間的な余裕がなかった。そのため、第一段階の謎について考えるときにはデータ改竄という説はすぐさま不適とされたのである。

しかし第二段階以降についてなら、録音データを興信所に放置していた時間がとても長くなるので話が違ってくる。いわば第二段階以降は模倣犯のようなものだ。第一段階と第二段階以降がべつの根を持つ可能性をうっかり見落としてしまうと、第二段階以降が迷宮入りしてしまう。そういう構造を持つ謎であった。

この模倣犯的な構造を見抜いた彗山はなかなかに鋭い人物だと思う。話としてもまあまあ面白い。不狼煙がこのエピソードに二十ページ以上割いたのも理解できる。だが本題はここからだ……。

不狼煙がふふっと笑って、
「この真相、探偵映画だったらいきなり新しい登場人物が出てくるから〈はあ？〉って思われちゃうかもしれませんね」

下垣内はつい気になって、

「そもそも映画だと、登場人物が一人隠れているというのを表現できないのでは?」

すると不狼煙は元気よくいう。

「いいえ、映画でもできますよ、そういうの。たとえば、意図的にいくつかのシーンで登場人物をフレームアウトさせとけばいいんですよ。で、真相を明らかにする展開のとき、同じシーンを同じ角度から今度はフレームアウトなしで流す。新しく映った領域に隠れていた登場人物が現れて、観客は〈あとでそのシーンをもう一回観てみよう〉と思ってくれるというわけです。なんて、私、べつに映画監督でもなんでもないんですけど」

「なるほど。やりようがあるわけですね」

「おもしろいですよね」

おもしろい? そのような会食ではないはずだ。

下垣内は気合いを入れ直して、

「そのう……、こういってご気分を悪くされたら本当に申し訳ありません。でも、ぼくはその真相を読んでぞっとしたんです」

「そう、ですか」

といって、不狼煙が野太く唸った。

怒らせてしまっただろうか――。

冷たい汗が背中を伝う。

――いや。

続けても大丈夫だ。手順を間違えない限り、こちらに敵意を持たれることはないはず。

さあ、覚悟を……。

いよいよ〈死者〉の世界に踏みこむのだ。

下垣内、果敢に追う。

「当時の興信所がどういう空気だったのか……、あ、あの人の立場がどのようなものだったのか……、それらについて具体的なお話を聞きたくて、今回こうして時間をいただいております」

遠い目をする不狼煙。

あの人のことを、思いだしているのだろうか。あの人のことを。

不狼煙は下垣内の顔を見て、

「ええ、メールにもそう書いてらっしゃったので、わかっておりますよ。遠いところ、ご足労おかけしました」

目もとに少し笑みが浮かんでいる。

「いえ」

「当時の空気ですか。そうですねえ……、私だって楽しくてやっていたわけじゃないんです。基本、私は見ているだけでした。ああいうことをやっていたのは彗山さんです。私はただ、それに逆らわないという感じでした」

「不狼煙さんが彗山さんから酷《ひど》い扱いをされることも？」

「や、それはなかったですね。もしそうなら退職のときに縁を切っていますよ」

「なるほど。あの本、彗山さん、本当にOKを出したんですか？」

「出しましたよ。あんまりそういうの気にしない人なんです。だからこそああいうことをやっていたんでしょうけど」

他人事。いくら見ていただけだからといって、こういう姿勢でいられる人間がいることが下垣内には信じられない。信じられないが、現にそういう人間が目の前にいる。

「いちいち確認してすみません。でも本当にぞっとしてしまって……。たとえば、あの、ゴム手袋なしの素手で雑巾を使わせてトイレ掃除させていたって本当なんですか？　掃除の分担は――玄関、リビング、ベランダが不狼煙さん。洋室とDKが彗山さん。残るトイレはあの人。でもゴム手袋禁止だから、あの人は便座がピカピカになるまでゴム手袋なしで雑巾拭きをした……。そのようなことが書かれていましたが」

彗山と不狼煙の担当エリアだけではトイレが漏れる。だからもしも彼女たちの担当エリアを聞いた人がいたなら、二人が無視しつづけた三人目の人物に思い至れるかもしれない。下垣内の場合、思い至るも何も不狼煙の本を通じて知ったわけだが。

「本当です。じつのところゴム手袋使用禁止というのは彗山のこだわりというよりも、あの人にいじわるしたくて作られたルールなんですよ。トイレを担当しない私たち二人にはそれほどダメージがないけど、トイレ掃除担当のあの人だけ大ダメージを受けるという目《もく》論見《ろみ》。平等という名の不公平を意図的に作って、くすくす笑っていたんです、彗山は」

ゴム手袋をつけずに便器を雑巾で掃除するというのは、信じられないほどありえないという方法ではない。自主的にそういう方法で掃除している人もいるだろう。だが、わざわざ悪意のあるルールとしてはじまったことなら、印象はべつだ。方法自体は常識の範疇《はんちゅう》であっても、悪意自体が非常識だ。

それに、もっと深刻なエピソードもあった。

「本の中では、あの人が〈反省〉というプラカードを首からぶらさげた状態でベランダに立たされているところを外部の人に見られたとも書いていましたが、これも本当？」

「本当ですよ、焦りましたのなんのって！」

不狼煙は大口開けて笑う。

「わざわざそんなプラカードを作ったんですか？」

「彗山に頼まれて私が作りました。段ボールを切り、ひっこし用のロープにぶらさげて、大きく〈反省〉と印刷したインクジェットプリント紙を貼っただけですけど」

「外部の人というのは？」

「ちょっと特殊な人で、除霊師の人なんです」

「除霊師？　へえ、それはまた」

「紙面の都合でこれも本には書かなかったんですけど、死者言葉事件のとき、私たちはプロに興信所の除霊を頼んだんですよ。私があんまりぼーっとするんで、彗山が気持ちを切り替えろって。そのための除霊でした」

「わかるような気がします。企業の経営者が占い師に運勢を見てもらうようなものですね」

不狼煙は首肯して、

「です。でもそのときちょうど、あの人が彗山のコーヒーカップを割ってしまって、かんかんになった彗山から反省をいっつけられていたんですね。〈反省〉と書かれたプラカードを首からぶらさげてベランダに立たされていたんです。私が出勤する前から立たされていました。

私の出勤後、私と彗山はK氏の実家を訪れました。あの人、そのあいだもずっと立っていたんです。で、K氏の実家から私たちが興信所に帰ったとき、予約を忘れていたために除霊までどたばたしちゃったんです。どたばたの中であの人のことなんか忘れちゃって。そこにそのまま除霊師が来たというわけです」

「除霊師はどういう反応を——」

「除霊師はアシスタントと二人で来たんですけどね。二人とも途中から絶対視界に入っていたはずです。ですけど、見て見ぬふりですよ。ベランダのあの人には触れず、仕事をしてくれました。あまりの光景に何もいえなかったんでしょうね。でも最後の最後に少し触れようとしたんです。あのときの表情、あのときの言葉、いまでもよく覚えています。戸惑いたっぷりの表情で〈これは、ちょっと、いくらなんでも……〉といったんです。私たちはベランダのあの人のことなんて忘れていましたから、きょとんとしちゃって」

除霊師からしたら霊体験よりもよっぽど恐ろしい体験だったのでは?

「それで?」

二人ともすでに、真鯛をほとんど骨だけにしていた。

不狼煙はサーモンの刺身を一枚食べたあと、

「いや、それだけです。除霊師は追及することなく退散しましたよ。アシスタントもです。でもそのおかげで、意味深長になってしまったんです。というのも、リアルタイムだと私、死者言葉の謎にわりかしびびっていましたから。てっきり除霊行為が失敗しちゃったかと思ったんです。除霊師のあの表情は霊の巨大さにおそれをなした表情ではないかと……。本当は、あの人の職場での扱われかたに恐れをなした表情だったんですよね！　彗山は彗山で、除霊行為が完璧でないことを印象づけて追加注文させるためのビジネス戦略だと勘違いして、ぷんぷん怒っていましたよ」

といって、口端《くちのは》を歪《ゆが》めて笑う不狼煙。

なぜだ、なぜ笑える？

だが喧嘩《けんか》をしたいわけではない。

下垣内は言葉を飲みこむ。

枝豆を口に入れる。しょっぱい。

笑いの収まった不狼煙が続ける。

「ベランダにあの人を出しっぱなしにしていたことは除霊師が帰ったあと、すぐに気づきました。窓を見ると〈反省〉が目に飛びこんできましたからね。まーたぼうっとしているぞ、私！　しっかりしなくちゃ、って思いましたよ」

「反省のためにベランダに立たせる。しかも、そんなみっともない格好をさせて……、これは普通のことだとお考えですか？」

「普通のわけ、ないじゃありませんか」

「では……」

「なんというか、いじめってやつですよね」

自ら認めるのか。しかし、なんだ！　その他人事のような口ぶりは！

下垣内は目の前が真っ赤に燃えるような思いだった。

次回の新書『死者の暮らし』ではいじめ加害者の心理がテーマとなる。いじめを行うような人物には心があるのだろうか？　そう問いを打ちだし、心がない人物に〈死者〉という表現を当てて論じる予定だ。いま下垣内の目の前にいるこの女性こそ、典型的な〈死者〉なのだろうか。

「あなたがたがあの人――つまり、彗山興信所第三の人間、本に名前の出てこない同僚のかたにしていたことはいじめである、そのように思われるんですね？」

彗山とかいう上司とこの不狼煙とは、二人して彼女をのけものにしていた。

お前には！　聞こえないのか！

いじめ被害者である彼女の！　悲痛な心の声が！　聞こえないのか！

昔も！　いまも！

不狼煙はにこにこと頬を緩ませて、

「いじめといっても、学生がやるような気晴らしのいじめじゃないんですよ？　こう申してはなんですけれども、あの人って、とにかく要領が悪かったんです。あのう、ちょっと話は変わりますが、死者言葉事件の背景にはK氏の妹の菱子っていましたでしょう？　あ、本の中ではハルナの名ですが。リョウコでもハルナでもいいんですが、彼女、いじめが原因で自殺したわけじゃありません。でも捜査の過程では妹がなぜ自殺したかという疑問が出て、いじめられていたんじゃないかという仮説も立ちました。

そのときに彗山はいっていましたよ。〈ひとことでいじめといっても、いじめられるほうにそれだけの理由がある場合だってあるんじゃないか？〉って。とくに職場の場合、私もそう思います。学校は教育機関だからノロノロ歩きでも応援してくれるけど、職場はねえ」

不狼煙の本は、妹の死についてはあまり詳しく触れていなかった。

「彗山さん、そんなことをいっていたんですね」

「ですです。ちなみにですね、菱子は哲学者気質というか、けっこう変わった思想や死生観を持っていたらしくって。いろいろと調査したんですが、いや、凄かったです。こう、なんといいますか、この場でひとことでは説明しがたい複雑なことをノートに書いていたんですね。死が何か、真剣に考えていたんです。そうした思想の上での自殺なのか、あるいは事故なのか、じつはあやふやなままなんです。といっても私の直感ではあれは事故だと思うんですけれどもね。なんにせよ、ノートを読んだ限り、妹は抜群に頭がよかったのは間違いありません。ああいう優れた人間はいじめられないし、いじめられてもびくともしませんよ。私はそう強く思います」

「ハルナ、いやリョウコの死は、いじめが原因ではなかった、と？」

「そこはもう確実です」

「自殺か事故か、あやふやというのは……」

「具体的には岬から海に落ちたんです。自ら飛びこんだのではなく、足を滑らせてしまっただけであり、自殺ではなく事故。私も警察もそう考えています。万が一——万が一、自殺だとしても、死生観にかんする思考実験が暴走し実践行為として火がついてしまったと見るべきで、飛行機実験の墜落とか化学実験の爆発とか、そういうものと同様に事故と表現すべきです」

「はあ……」

「けれども哲学の見地からすると、死イコール不運と決めつけているのがもうスットコドッコイのナンセンスなのかもしれませんね」

妹の話も気にはなるが、いじめとは関係がないというなら、映画の話と同じで、深追いすべきではない。下垣内は箸をぎゅっと握りしめて、

「もう一度はっきりと訊かせてください。不狼煙さんの職場で行われていたことは、いじめだと、ご自身でもそう思われているんですか？」

2

下垣内と会ってこうして話しているおり、不狼煙は当時のことを思いだしていた。彗山といっしょに高本菱子の死者言葉について調べた、平成の夏のこと。

――懐かしい。

あのころの興信所は事実上二人だったが、形の上では三人体制だった。彗山、自分、そして、同僚のあいつ。わざわざ名前で呼ぶ価値もない。あいつ、で充分だ。

あいつは無能のうえ、センスのないやつだった。

本に書くときに詳細まで掘り起こしたこともあって、今日ではかなり詳しく思いだすことができる。

たとえばプラカード事件だが、おもしろいことに、あのときベランダにはもう一つ〈反省〉があったことも覚えている。というのも不狼煙は当時、死者言葉のオカルト性に囚《とら》われかけたせいでクッションにミルクをこぼしてしまった。〈過剰にオカルト性に囚われてはならない〉という〈反省〉として、不狼煙は事あるたびにクッションを思いだしたものだ。

ただ、あの朝、あいつはコーヒーカップを割ってしまった。

今朝は興信所に出てみると、彗山がやたらぷりぷりとしていた。コーヒーカップが一つ割れてしまった、気に入っていたのに、など。

それでベランダ棒立ちの罰を受けた。つまりあの日、ベランダにはたまたま、二つの〈反省〉があったことになる。

一つは、干したクッション。もう一つは、あいつが首からぶらさげたプラカードに書かれた〈反省〉の文字。除霊のあと、不狼煙の目に飛びこんできた〈反省〉はクッションのほうではなく、プラカードのほうの〈反省〉であった。

ちなみに陣内とアシスタントが帰ったあとで塩を掃除したのは彗山でも不狼煙でもなく、あいつだ。彗山に命じられての掃除だ。

あいつの駄目っぷりを示すエピソードはほかにも挙げられる。たとえば経太郎の訃報を聞く直前、不狼煙たちは陣内に写真を渡している。あいつはあのときも余計なことをいって彗山から顰蹙《ひんしゅく》を買っていた。

不狼煙はちらりと横を見る。

「あのう……」

「はあ」

といって、不安そうな表情をする陣内。ここまでずっとしゃべらなかった人が急に口を開いたからだろう。

「じつはその写真、私が撮ったんです」

不狼煙が横を向いたとき、〈ここまでずっとしゃべらなかった人〉、すなわち同席していたあいつが〈あのう……〉〈じつはその写真、私が撮ったんです〉などとしゃべりだした。そのまま、あいつはしゃしゃりでて、

「それで……、写真を撮ったときですね……、会話、ところどころ聞こえました」

「どうも奥さんは、ご主人のお仕事のお話を何かなさっていたようですよ」

「それ以上に具体的な話題は聞こえかねましたが」

と、話した。

おそらく彗山はあいつに対して〈追加料金ももらわずに何を勝手なサービスはじめてんだよ、クソアマ。死ねよ〉と思っただろう。不狼煙は声に出さず、表情だけで〈お気持ちわかります。でも、まあまあ、このぐらいならいいじゃないっすか、ボス〉と、彗山をなだめようとした。

プラカードを首からぶらさげてベランダに立つという懲罰はこのときにも触れられた。〈ああいうのは放っとけばいいんだよ、余計なことしゃべんなよ〉という彗山に、あいつは〈すみません。ちょっと気の毒で〉と口答えをした。すると彗山は懲罰のことに触れたのだ。

「ああん、本当にわかってんのか？　また余計なことしたら、〈反省〉って書いたプラカードを首からぶらさげてベランダに立たせるからな」

といって、彗山は笑った。思わず、不狼煙もくすりと笑ってしまう。

この懲罰は当時すでに行われたことがあったし、じつは死者言葉事件のあとも何度か行われた。いうまでもなく、あいつだけに科された罰であったが。

あいつのセンスのなさを示すエピソードも思いだせる。

携帯電話による通話が死者言葉の正体ではないことを知るため、不狼煙たちが実験したときのことだ。通話での山手線ゲーム。通話を終えて部屋に戻ってきたとき、不狼煙は〈００７〉シリーズの話をして、彗山はクリスティ原作映画の話をした。するとあいつは『情婦』を挙げた。

「えっと、『情婦』とか……」

名前だけ聞いたことがあるが、不狼煙はあまりよく知らない。

彗山は鼻に皺を寄せて、はあ、と呆れた声を出す。ただのゲームなのに部下のミスに対して本気で苛立っているようだ。じつに彗山らしい。

「あのなあ、『情婦』はビリー・ワイルダーじゃん。ビリー・ワイルダーの『シャーロック・ホームズの冒険』はアメリカだからアウトだな、っていう話をしたばかりだろう？　阿呆なのか？」

『情婦』もビリー・ワイルダーだったのか。不狼煙、一つ賢くなる。

不狼煙はけらけらと笑ったあと、

「阿呆ですね！」

「まったくだよ！　はいはい、山手線ゲームはおしまい。実験、実験。実験の結果はどうなったかね？」

このように、彗山と自分が楽しく遊んでいるとき、あいつが横からセンスのないことをいって興冷めさせる。何度も同様のことがあった。

ところで、彗山はかつて『SEED』で、

そもそも、どれが誰のセリフかをはっきりさせるには卜書きでも使わないと駄目だ。話し言葉や小説ではどうしても、人物とセリフの対応がずれることがある。普通は内容から対応を想像できるものなんだが、たまには今回のようなことがある。仕方ない。

と、述べた。なるほど、といまも不狼煙は思う。当時の興信所内の会話は、九割以上が自分と彗山によるもので、稀《まれ》にあいつが口を挟むというものだった。卜書きではなく小説にして記すと混乱する人がいるかもしれない。べつに小説を書くわけではないけど。

先ほどは下垣内と映画の話をした。登場人物が一人隠れていたという趣向もフレームアウトを利用すれば映像で再現できる、という話だ。セリフの交錯も映像化不可能といわれそうだが、口もとをやはりフレームアウトさせる方法でこなせるだろう。とくに女同士男同士のセリフであれば、むしろ意識して口もとを映さないとどれが誰のセリフか、混ざりがちだ。映画鑑賞にこだわりを持つ不狼煙は日頃、町で〈映像化不可能〉というアオリを見かけるたび、映画はなんでもできるんだぞ、不可能じゃないぞ、と心の中でつっこんでいる。


さて、いじめ——か。

あのころ母とした通話も、不狼煙はよく覚えている。母は〈仕事、どう？　うまくやってる？　いじめられたりしてない？〉と訊いた。自分は〈大丈夫、私はいじめられていないから。私はね〉と答えた。そう、私はいじめられていなかった。

自分は彗山の部下だ。彗山がいじめるなら私もいじめるしかなかった。しかし——

あれがいじめだったと思うかどうかと訊く下垣内に、いま、不狼煙は答える。

「そりゃ、いじめだったと思いますよ。でももう、昔のことですけどね」

——そうだ。もう昔のこと。

いまとなっては笑い話。だよね？

3

昔のこと、だと？　それで済ませるというのか。

下垣内は吐き気をこらえつつ、

「不狼煙さんの本には、同僚のかたが隙を見て録音データを改竄したのはいたずら目的とありましたが――」

「私たち――とくに私が死者言葉のオカルトにびびっているのを見て〈これを機に、もっともっと怖がらせてやれ〉って思ったそうですよ。いつもいじめられてるから仕返ししたかったんですね、幼稚すぎますよ。まったく何を考えてるんだか。でも最後は彗山に見破られて、ハイ残念！　って感じですけど。

あいつが〈あらわれよ、霊の世界〉一連の呪文を挿入したデータ内の箇所は、あとになって考えてみれば、いかにも〈聞いてくれ〉という作為的な箇所なんですよね。五時間あるうちのデータの前のほうですから。洗いだしの作業のときにはもちろん、そうでなくとも、何かのきっかけで再生するだろう箇所です。とくになんでもない中途半端な箇所だと、聞かれず仕舞いになる可能性がありました。〈さあ、私といっしょにクニへ帰りましょう〉の挿入箇所も同様です。〈あらわれよ、霊の世界〉一連の直後ですから、〈あらわれよ、霊の世界〉を聞きかえすきっかけさえあれば発見される、という見込みだったんでしょう」

「データ改竄が発覚したあと、同僚のかたは解雇されたそうですね」

「もちろん。職場のデータを改竄して、職場をめちゃくちゃに混乱させたんですから、どこでだってクビですよ。私だってあんないたずらをする人がいる職場なんてヤです。馬鹿と闇夜ほど怖いものはないとはよくいったものです。

もともとですね、興信所は彗山一人でやっていました。そこに私が入り、二人で仲良くやっていたんです。いい雰囲気でした。でも、死者言葉事件の一年前、彗山が〈試しにもう一人増やしてみようか〉といったんです。これが悲劇のはじまりでしたね」

「悲劇……」

「応募して入ってきた女が、本当、もう要領悪くって。事務作業は遅いし間違えるし、ジョークは通じないし、話をしていてもぜんぜん面白くないし。そのうち辞めたいといいだすからそれまで遊んでやろうなどと彗山がいって、変なルールを作って便器を素手で掃除させたり、首からプラカードをぶらさげてベランダに立たせたりしたんです。彗山と二人で捜査に行くことはありましたが、そんなときあの人は留守番。当たり前ですが、休日に彗山と遊ぶことはあっても、あの人とは一度もありませんでした」

職場の三人目を揃って足蹴にするという刺激。彗山と不狼煙はもともと仲がよかったのかもしれないが、この刺激を共有することでその仲のよさはいっそう加速されたのかもしれない。

「死者言葉事件のとき、同僚のかたはずっと興信所にいたのですか？」

「基本的にはずっと興信所の中です。〈ずっと〉といっても、泊まっていたわけではないですけどね。一日目は普通に部屋の中で、いつものようにぼーっとしてやがりました。二日目については、朝にコーヒーカップを割って彗山を怒らせたので、先ほどもいった通り、ベランダに立たされっぱなしでした。後日〈クニへ帰りましょう〉を再生したときにはその場にいませんでしたね」

いじめる女二人、いじめられる女一人。

その同僚にとっては、ただのいたずらというより、やぶれかぶれの復讐《ふくしゅう》だったのかもしれない。彗山不狼煙という悪鬼ども。データの改竄によって、もし悪鬼どもが恐怖を感じつづけたならば、彼女は胸のすく思い。もし見破られても、すでに最低の扱いしか受けていないのだからそれ以下の扱いになりさがるわけはない。クビになったらなったで、かえってすっきりする……。そういうやけくそ心理が背景にあったのでは？

先ほど聞いたK氏の妹も関係してくるのかもしれない。捜査の終盤まで、K氏の妹がいじめを理由として自殺したという解釈は否定されていなかったという。同僚の中ではその解釈が強固になっていた。つまり、いじめの被害者という点で同僚は自分とK氏の妹を重ねて考えた。そして〈ひとことでいじめといっても、いじめられるほうにそれだけの理由がある場合だってあるんじゃないか？〉などと口にする彗山を見て、いよいよ心の中で何かがプツンと切れた。K氏の妹の代わりにいじめ加害者という存在を罰する気分で裏工作を働きだした。

たしかに、こんな形で職場を混乱させることは褒められたものではない。

とはいえ、下垣内はその女のことを責める気にもなれない。

「その人をクビにしたあと、不狼煙さんが寿退職されるまでは、ずっと不狼煙さんと彗山さんのお二人で？」

著書の序文で書かれてあったが、不狼煙の結婚相手は高校時代の同級生。同窓会で再会してゴールしたそうだ。探偵の仕事とはなんの関係もない。

「そうです。私の退職後、彗山はまた一人でやっていましたが、二、三年ほどして、一気に三人雇いました。今度はうまくやっているみたいで、まだ誰も辞めていません。私も会いましたが、いい人たちでしたよ、やっぱりアレですね、彗山のいう通りです。いじめられる人間にはそれなりの理由があるんだと思いますよ」

「あのう、これはあらかじめメールしていたことで、あくまでも確認になるんですが、今日聞いたお話……、私の本に書いてもよろしいのでしょうか」

「いいですよ」

「本当にいいんですか？」

「どういうことです？」

「その、あなたたちが同僚をいじめていたと書くと、あなたたちにご迷惑ではないかと」

「えー？　でもそのことは私がもう自著に書きましたよ。だからこそ下垣内さんはこうして私と話をしているんじゃありませんか」

その通りだ。

「わかりました。念のため、本になる前には該当箇所の原稿をお送りします。個人情報や誹謗《ひぼう》中傷がないか、確認してください」

「わかりました。まあ、大抵の表現ならＯＫです。でもお書きになるんでしたら、私が主導していじめをしていたんじゃなくて、彗山の主導だってことはしっかり強調してくださいね。その彗山にしたって、誰かれ見境なくいじめていたわけじゃないんです。あの人、頭がよくて要領がいいから。そういう人の近くにいると、要領の悪い人って目立っちゃうんです。そしたらこう、イライラァってなるでしょ？　不可避でしたよ、あの人があぁいう扱いをされるのは」

不狼煙の本の中には〈これが私の体験した身の毛もよだつ死者言葉事件だ。汝、死者と言葉を交わすなかれ！　死者と会話するとＫ氏のように命を奪われる！〉という文章がある。Ｋ氏が死んだ人間と会話したためにあの世にひきずりこまれたのではないだろうか、という謎について扇情的に書いた箇所だ。

〈死者と言葉を交わすなかれ〉。

不狼煙が使った逐次的な意味ではなく、もっと暗喩的な意味で下垣内はこのフレーズを振りかえる。

件の同僚を普段から無視していた彗山不狼煙の二人にとっては、同僚の彼女こそが〈死者〉だったのかもしれない。〈死者《あいつ》とは言葉を交わすなかれ〉だ。現に職場の彼女には人権がなかった。人権のない人間は生者ではない。死者だ。死者扱いされている彼女には生者なる二人と言葉を交わす機会がほとんどなかった。彼女がデータを改竄して死者言葉の謎（第二段階、第三段階）を作りだしたことは、死者の世界から生者の世界に間接的に干渉するという意味で、表層に現れた子供騙しのオカルトと相似関係にある。

もう一つ、べつの暗喩も連想する。

下垣内は本の中で、心を持たないものとして、いじめ加害者に死者の暗喩を与えようと考えている。不狼煙が本の中で、故人という本来の意味で同じ言葉を使っているから多少ややこしくなってしまうが、これは仕方ない。

いま、下垣内は不狼煙から直接話を聞いた。いじめ加害者の証言をリサーチした経験はあっても、こうまでダイレクトにインタビューしたのははじめて。この経験を経て、あらためて下垣内は震えている。あらためて、ぞうっとしている。想像以上なのだ。不狼煙が心を持たない人という意味での死者だと仮定して——想像以上に、死者には心がないのだ。加害意識がないのだ。聞くものの精神を不安定にぐらつかせる……。だから下垣内は思った。死者《こいつら》と言葉を交わすなかれ、と。

しかしそれはあくまでも一般に向けた警告。自分は研究者だ。いま感じていることを過去のケースと比較し、学者の言葉で嚙みくだこう。自分に力はない。しかしその足搔《あが》きのような咀嚼《そしゃく》行為が回りまわってどこかの誰かの役に立つかもしれない。科学は巨人の肩に立つようなものだという。自分など決して巨人にはなれない。しかし石垣をなす石の一つにはなれるかもしれない。

〈死者〉に託される二つの暗喩。

ではは〈死〉とはなんだろう。下垣内はぼんやりと考える。

先ほどちらりと話を聞いたが、K氏の妹も、死が何かということを考えていたらしい。K氏の妹の哲学はどんなものだったのだろう。ただ——下垣内は自分なりに思う。命が失われること、意識がなくなること、無の世界に突き落とされること。〈死〉とは、よくいわれるそうした現象だけでは語れない。生きている実感がなくなること。あるいは、生きている価値がなくなること。これらもまた〈死〉だ、そして哲学のテーマだ。哲学とは、世界の姿を知ろうとする体系ではない。下垣内はそう考えている。世界の姿を知ろうとすることは準備的な手段にすぎず、主たる目的はその先にある。つまり、人間がどうあるべきかの追究だ。それこそが哲学の胆なのだ。

何かの拍子に不狼煙と口論になる危険を感じていたが、結局、会食は穏やかに済んだ。

下垣内が自宅に戻ったのは夜。

寝る前に少し『死者の暮らし』の執筆作業を進める。関係者を直接取材するのは不狼煙のケースだけになると思うが『死者の暮らし』ではほかの題材も扱っている。各章は並行して書き進められていた。

不狼煙のケースを扱う章はまだ白紙。しかし今日から書きはじめよう。

——死者と言葉を交わすなかれ。

あまりに残酷な話となりそうだ。彗山と不狼煙の心理を理解しようという自分の道程は読者の心をいたずらに暗くしてしまうかもしれない。専門書ではなく大衆向けの新書だ。回りまわってどこかの誰かの役に立つ可能性を少しでも高くするために、その辺りにも目配りしたい。

下垣内はキーボードを打つ。

不狼煙さくらのノンフィクション『ホンモノの探偵が出会ったおかしな事件たち』（貝殻出版／二〇一七年）には、よりいっそう私たちになじみのない世界が見え隠れする。不狼煙の実体験をまとめた本なのだが、その中には「死者の言葉」事件というものが登場する。その事件はなんと、死者と会話して魂を吸い取られたのではないかという男の事件なのだ。以前の私なら、この捜査の結末をあまりにも理解しがたいものとして拒否してしまっただろう。

けれども、やはりこういう世界はあるのだ。

本章では「死者の言葉」事件を例に取り考察を深めようと思うが、読者は注意されたい。一見ありふれているがそのじつ恐ろしさに満ちる「死者の言葉」事件。前章までに紹介した事例よりも刺激に富む。深く知ろうとするなら、理解しがたいものを受け入れる覚悟があらかじめ必要だ。

そのような覚悟のない読者は「死者の言葉」事件を知らないほうがいい。

なぜ、人はいじめ加害者となるのか？　なぜ加害意識がないのか？

どうしてここまで酷いことができるのか？

結論からいうと、筆者には理解できなかった。

読者の多くもおそらくは理解できない。だから、むかつきを覚えるだけになるおそれがある。理解しがたいものを受け入れる覚悟とは、とても後味の悪い話から目を逸らさない覚悟だ。

（了）

あとがき

本書『死者と言葉を交わすなかれ』は書きおろしの長編小説であり、これまでに発表された森川智喜作品とは内容的に無関係です。ほかの拙作を気にせずに読んでいただけます。

以下ではネタバラシを避けつつ、あとがきなどと題して拙い文章を記してみたいと思います。

これまで講談社タイガより、本作のほか、三途川理の登場する『ワスレロモノ名探偵三途川理 vs 思い出泥棒』『トランプソルジャーズ　名探偵三途川理 vs アンフェア女王』『バベルノトウ　名探偵三途川理 vs 赤毛そして天使』の三冊を発表させてもらいました。三途川理とは、化けネコが人間を喰らおうとするおはなし『キャットフード』をはじめとして、『スノーホワイト』『踊る人形』にも登場する探偵です（いずれも講談社文庫。親本は講談社BOX）。これら六冊の拙作を便宜《べんぎ》的に〈名探偵三途川理〉シリーズと称することもあります。

この〈シリーズ〉という表現に不満があるはずもないのですが（自分でもときに

そう表現します）、ただ実際のところ、これらはとくに話が続いているわけではありません。一冊一冊が別シリーズの第一巻であるかのようなリセット状況から描かれていきます。もし興味のある人がいましたら、読む順番を気にしなくていいのではないかと、個人的にはそう思っています。

いっぽう、本作は三途川理の登場しないおはなしです。作者というより一読者としての自分の感性では、本作に、従来の三途川理譚的ではないノリを感じました。と同時に、べつの意味では、やはり三途川理譚同様のノリがあるとも感じています。

講談社タイガという文化に三途川理譚やら本作やらの形で参加させてもらえること、光栄に思います。

似たことをほかのあとがきにも書いたのですが、作者としての自分には、何か精《せい》緻《ち》な設計図を作って本作を組み立てたという感覚はほとんどありません。

自分が作者としておはなしを作ったというよりも、おはなしのほうが自分を作者に選んだという感覚です。異なる表現を試みるなら、自分は、どこかでふわふわと浮いていたおはなしをキャッチして、それをこの星の社会にお届けさせてもらっただけ……。今日のところ、そういうふしぎな思いです。

ところで、本作の登場人物らは死について考えます。死は万人が共有するテーマでありながら——というよりも、共有せざるをえないテーマでありながら——日常会話でめったに出る話題ではありません。あまり毎日のように死の話をしていると、場合によっては不健康とさえ思われてしまうかもしれません。しかし小説という架空の世界なら、話はべつではないでしょうか。日常会話には珍しいこの話題、みなさんはどうお考えになるでしょうか。

本書出版の過程を、編集者をはじめとする多くのかたの仕事が支えてくださりました。あつく感謝もうしあげます。

そして読者のみなさん。このたびは本書を手に取ってくださり、ありがとうございました。

二〇二〇年九月
森川智喜

森川智喜作品リスト

〈名探偵三途川理〉シリーズ

『キャットフード』講談社文庫
『スノーホワイト』講談社文庫
『踊る人形』講談社文庫
『ワスレロモノ　名探偵三途川理 vs 思い出泥棒』講談社タイガ
『トランプソルジャーズ　名探偵三途川理 vs アンフェア女王』講談社タイガ
『バベルノトウ　名探偵三途川理 vs 赤毛そして天使』講談社タイガ

『一つ屋根の下の探偵たち』講談社文庫
『なぜなら雨が降ったから』講談社
『死者と言葉を交わすなかれ』講談社タイガ　#本書

『半導体探偵マキナの未定義な冒険』文藝春秋
『未来探偵アドのネジれた事件簿　タイムパラドクスイリ』新潮文庫ｎｅｘ
『トリモノート』新潮文庫ｎｅｘ
『レミニという夢』光文社
『そのナイフでは殺せない』光文社

この作品は、書き下ろしです。

講談社
タイガ

〈著者紹介〉

森川智喜（もりかわ・ともき）
1984年、香川県生まれ。京都大学大学院理学研究科修士課程修了。京都大学推理小説研究会出身。2010年『キャットフード　名探偵三途川理と注文の多い館の殺人』（講談社BOX）でデビュー。〈名探偵三途川理〉シリーズは他に『スノーホワイト』『踊る人形』（講談社文庫）、『ワスレロモノ』『トランプソルジャーズ』（講談社タイガ）がある。

死者《ししゃ》と言葉《ことば》を交《か》わすなかれ

2020年10月15日　第1刷発行　　定価はカバーに表示してあります

著者…………森川智喜《もりかわともき》

発行者…………渡瀬昌彦
発行所…………株式会社 講談社
〒112-8001 東京都文京区音羽2-12-21
編集 03-5395-3510
販売 03-5395-5817
業務 03-5395-3615

本文データ制作…………講談社デジタル製作
印刷…………豊国印刷株式会社
製本…………株式会社国宝社
カバー印刷…………株式会社新藤慶昌堂
装丁フォーマット…………ムシカゴグラフィクス
本文フォーマット…………next door design

ISBN978-4-06-521206-6　N.D.C.913　294p　15cm

講談社
タイガ

〈名探偵三途川理〉シリーズ

森川智喜

ワスレロモノ

名探偵三途川理 vs 思い出泥棒

イラスト
平沢下戸

魔法の指輪で人の記憶を宝石にする青年・カギノ。彼は相棒のユイミとともに、ある宝石を求め「思い出泥棒」として活動している。舞台女優の台詞、スキャンダルの目撃……依頼に応じて記憶を盗むカギノの仕事は完璧。しかし行く手に悪辣《あくらつ》な名探偵・三途《さんずの》川理《かわことわり》のどす黒い影が!? 本格ミステリ大賞をデビュー最速で受賞した〈名探偵三途川理〉シリーズ、待望の最新作がタイガに登場！

講談社
タイガ

〈名探偵三途川理〉シリーズ

森川智喜

トランプソルジャーズ

名探偵三途川理 vs アンフェア女王

イラスト
平沢下戸

アンフェア女王の独裁により、平和が失われた魔法の国。ここでは、意思を持つトランプを使ったゲームによって処刑が決定されてしまう。善良なる時計屋のウサギ・ピンクニーは、店に迷い込んできた少年・三途川理《さんずのかわことわり》を助けてやったとばっちりで、この「絶対勝てない」トランプの決闘に挑むことになってしまい……。冷酷無比な俺様少年、〈名探偵三途川理〉シリーズ、最新作！

講談社
タイガ

〈名探偵三途川理〉シリーズ

森川智喜

バベルノトウ

名探偵三途川理 vs 赤毛そして天使

イラスト
平沢下戸

地上に舞い降りて楽しく遊びすぎてしまった3人の天使達。天界に帰る力が溜まるまで身を隠すべく、彼女達が人間にもたらしたのは「言語混乱」という災厄だった！　この世で誰も使っていない言語しか、話すことも理解することもできなくなった元起業家・椿《つばき》を助けるために呼ばれたのは、輝く瞳に赤毛の高校生探偵・緋山燃《ひやまもゆる》と、彼をライバル視する極悪探偵・三途川理《さんずのかわことわり》で……!?

講談社
タイガ

京極夏彦

今昔百鬼拾遺　鬼

「先祖代代、片倉家の女は殺される定めだとか。しかも、斬り殺されるんだと云う話でした」昭和29年3月、駒澤野球場周辺で発生した連続通り魔・「昭和の辻斬り事件」。七人目の被害者・片倉ハル子は自らの死を予見するような発言をしていた。ハル子の友人・呉美由紀から相談を受けた「稀譚月報」記者・中禅寺敦子は、怪異と見える事件に不審を覚え解明に乗り出す。百鬼夜行シリーズ最新作。

講談社
タイガ

閻魔堂沙羅の推理奇譚シリーズ

木元哉多

閻魔堂沙羅の推理奇譚

イラスト
望月けい

俺を殺した犯人は誰だ？　現世に未練を残した人間の前に現われる閻魔《えんま》大王の娘——沙羅《さら》。赤いマントをまとった美少女は、生き返りたいという人間の願いに応じて、あるゲームを持ちかける。自分の命を奪った殺人犯を推理することができれば蘇り、わからなければ地獄行き。犯人特定の鍵は、死ぬ寸前の僅かな記憶と己の頭脳のみ。生と死を賭けた霊界の推理ゲームが幕を開ける——。

閻魔堂沙羅の推理奇譚シリーズ

木元哉多

閻魔堂沙羅の推理奇譚

負け犬たちの密室

イラスト
望月けい

「閻魔堂《えんまどう》へようこそ」。閻魔大王の娘・沙羅《さら》を名乗る美少女は浦《うら》田《た》に語りかける。元甲子園投手の彼は、別荘内で何者かにボトルシップで撲殺され、現場は密室化、犯人はいまだ不明だという。容疑者はかつて甲子園で共に戦ったが、今はうだつのあがらない負け犬たち。誰が俺を殺した？　犯人を指摘できなければ地獄行き!?　浦田は現世への蘇りを賭けた霊界の推理ゲームへ挑む！

講談社タイガ

怪盗フェレスシリーズ

北山猛邦

先生、大事なものが盗まれました

イラスト

uki

愛や勇気など、形のないものまで盗む伝説の怪盗・フェレス。その怪盗が、凪島《なぎのしま》のアートギャラリーに犯行後カードを残した！灯台守《とうだいもり》高校に入学した雪子《ゆきこ》は、探偵高校と怪盗高校の幼馴染みとともに調査に乗り出す。だが盗まれたものは見つからず、事件の背後に暗躍する教師の影が。「誰が《Who?》？」ではなく「どうやって《How?》？」でもなく「何が盗まれたのか《What?》？」を描く、傑作本格ミステリ誕生！

講談社
タイガ

円居 挽

語り屋カタリの推理講戯

イラスト
Re°(RED FLAGSHIP)

「君に謎の解き方を教えよう」少女ノゾムが、難病の治療法を見つけるために参加したデスゲーム。条件はひとつ、謎を解いて生き残ること。奇妙な青年カタリは、彼女に“Who”“Where”“How”などにまつわる、事件を推理するためのレクチャーを始める……！

広大な半球密室、水に満たされた直方体、ひしめく監視カメラ、燃え上がる死体。生き残るには、ここで考えるしかない——。